KB272162

엄마가 고친다

엄마가 고친다

발행일	2026년 4월 6일
지은이	홍성화
펴낸이	손형국
펴낸곳	(주)북랩
출판등록	2004. 12. 1(제2012-000051호)
주소	서울특별시 금천구 가산디지털 1로 168, 우림라이온스밸리 B동 B111호, B113~115호
홈페이지	www.book.co.kr
전화번호	(02)2026-5777
팩스	(02)3159-9637
ISBN	979-11-7598-213-0 03810 (종이책)
	979-11-7598-214-7 05810 (전자책)

잘못된 책은 구입한 곳에서 교환해드립니다.
이 책은 저작권법에 따라 보호받는 저작물이므로 무단 전재와 복제를 금합니다.
본 도서는 (주)북랩이 보유한 리코 인쇄 장비 등 자체 생산 인프라를 통해 제작되었습니다.

작가 연락처 문의 ▸ ask.book.co.kr

전용 게시판에 문의를 남기시면 저자에게 직접 전달됩니다.

(주)북랩 성공출판의 파트너

북랩 홈페이지와 SNS에서 다양한 출판 솔루션을 만나 보세요!

홈페이지 book.co.kr • **블로그** blog.naver.com/essaybook

출판문의 text@book.co.kr • **카톡채널** 북랩

질병을 넘어 삶의 태도까지 고쳐 나가는 시간

엄마가 고친다
홍성화

북랩

차례

들어가며

질병이 삶에게 묻다 … 9

1부 │ 무너진 자리에서

셋째의 백혈병, 사건 한가운데의 기록

감기로 시작한 공포의 일주일 … 20

"급성 림프모구성 백혈병입니다" … 29

항암 부작용을 마주하며 품은 결심 … 37

그 아이는 누구의 잘못도 아니었습니다 … 47

제발 '재발'이 아니기를 … 56

묻는 엄마, 지키는 엄마 … 66

백혈병 선고보다 더 무서웠던 것 … 71

사랑은 때로 증명되지 않아도 충분히 진실하다 … 81

2부 | 다시 바라보다

첫째의 아토피, 질문이 시작된 시간

피부만 바라봤을 때, 몸은 늘 제자리였다 ··· 92

엄마의 치유: 몸은 이미 알고 있다 ··· 98

가려움, 그 참을 수 없음에 대하여 ··· 105

채우는 치유 ··· 111

믿어야 산다 ··· 116

3부 | 내가 선택한 방향

나의 몸, 나의 삶을 다시 설계하다

서른넷, 내가 임신성 당뇨라고? ··· 124

어쩌다 '클린'을 결심하다 ··· 131

'글리코 클린' 35일간의 기적: 내 몸을 살리는 일 ··· 139

마흔의 봄날, 자궁이 내게 말을 걸다 ··· 145

변화의 문 앞에서, 궁궐을 만나다 ··· 152

나는 아로마 전기수입니다 ··· 159

한 방울의 기도 ··· 164

아이의 열을 다스리는 엄마의 자세 ··· 171

우리 집 구급 상비약, 티트리 ··· 179

자연이 주는 또 다른 러너스 하이, 코파이바 ··· 185

4부 | 삶으로 남은 것들

질병 이후, 내가 붙잡게 된 생각들

-건강 주권에 대하여-

지식의 주권: 치료보다 강한 건 알고 실천하는 습관이다 ··· 192

선택의 주권: 흔들리며 중심을 세우다 ··· 198

책임의 주권: 내 몸의 회복은 나의 선택에서 시작된다 ··· 205

삶의 주권: 내가 나를 믿고 선택했던 그 마음을 다시 꺼내어 ··· 211

-깨달음의 파편들-

나를 세운 말 ··· 218

아이에게 배운 마음 수업 ··· 224

이미 익숙한 재난, 준비된 일상 ··· 229

나에게 새마을부녀회란 ··· 236

하고 싶고, 해야 할 것 같은 일 ··· 243

나가며

삶이 대답하다: 내 몸은 내가 지킨다 ··· 251

이 책을 쓰기까지 읽고 참고했던 책들 ··· 258

들어가며

질병이 삶에게 묻다

2019년 5월 27일, 시원한 바람과 화사한 빛이 더 좋아
지려야 좋아질 수 없는 봄날이었다.

하늘은 맑았고, 세상은 아무 일도 없다는 얼굴을 하고
있었다.

그런데도 나는 그 하늘이 그렇게 꼴 보기 싫을 수가
없었다.

"재발했습니다."

셋째 담당의에게 이 말을 듣는 순간, 마치 몸에서 혼이
빠져나가는 것 같았다.

영문도 모른 채 오전 내내 기다리게 하더니, 정적은 그
렇게 갑작스럽게 깨졌다.

그러나 그것도 잠시 이번엔 아예 나를 폭삭 주저앉히
려고 작정했다.

"당장 입원해 이식 절차를 밟지 않으면 애 죽어요."라
고 엄포를 놓았다.

'죽을 수도 있다'가 아니라 '죽는다'라고 했다.

무슨 정신에 그랬는지 모르겠지만 그런데도 난 입원을 거부했다.

그러고 나서 셋째를 꼭 끌어안고 진료실을 나와버렸다.

심장이 터질 것 같았고, 머릿속은 새하애졌다.

손과 발이 떨리고, 다리도 후들거렸다.

'이건 아니다.' 그 순간 입 밖으로 이 한마디가 튀어나왔다.

그렇게 좋은 일만 있을 것 같은 날에 셋째의 백혈병은 우리 가족을 두 번이나 죽이려 했다.

처음엔 그냥 코감기였다.

그 흔한 감기가 백혈병이라는 무서운 이름으로 둔갑해 셋째를 위협하고 있었다.

재발일 리가 없었다. 5차 항암을 시작하고 열흘 가까이 이해할 수 없는 날들을 보냈다.

엄마의 직관은 틀림없다.

의학적인 진단으로 백혈병을 꿰뚫어 볼 수 없고, 의학 용어도 잘 알아들을 수 없지만 내 아이는 엄마인 내가 제일 잘 안다. 24시간 내내 아이와 붙어 있던 나였으니 생각하고 말 것도 없었다.

그러나 심증만으로는 아무도 설득할 수가 없었다. 증거가 필요했다.

두려웠지만 아이를 위해 용기를 냈다. 그것은 내 인생에서 중요한 결정 중 하나였다. 항암이 잠정적으로 중단된 상태에서 나는 ‘헤마토곤(hematogones)’—회복 과정에서 나타날 수 있는 정상적인 미성숙 세포—이라는 가능성을 끝까지 붙들었다.

다른 선택지는 없었다. 직관이 적중했고, 피가 마르는 시간이 지나 결국 재발은 뒤집혔다.

그러나 그것이 끝은 아니었다.

집중항암치료가 끝나고 조금 안심해도 되겠다 싶었는데, 이번엔 폐포자충 폐렴에 걸리고 말았다. 면역이 약해진 사람에게는 치명적일 수 있는 폐렴이었다.

입원하자마자 24시간이 고비라는 말을 들었다. 그때부터 나는 아이의 사망 확률을 살 확률로 바꾸기 위해 또다시 목숨 걸고 싸워야 했다.

돌이켜보면 병은 셋째에게서만 시작된 것은 아니었다.

첫째의 지긋지긋한 아토피, 내 몸을 덮친 임신성 당뇨와 그로 인한 당뇨 고위험군, 자궁 내막 이상까지.

우리 가족의 일상은 어느새 '병'이라는 단어로 온통 덮여 있었다.

처음엔 억울하기만 했다.

"왜 우리 가족에게만 이런 일이 계속 생길까?"

"내가 뭘 그렇게 잘못했는데?"

그러다 건강에 눈을 뜨기 시작하면서 조금씩 다른 질문을 던지기 시작했다.

"병원만이 답일까?"

"의사만이 우리 아이와 내 몸을 고칠 수 있나?"

이러한 질문들은 내가 삶의 태도를 고쳐나가는 데에도 결정적인 변화를 주었다.

알고 보면 질병은 어느 날 갑자기 찾아오는 불청객이 아니었다.

아주 오래전부터, 티 나지 않게, 조금씩 삶 전체를 흔들고 있었다는 걸 아프고 나서야 알았다. 몸은 전부터 아우성치고 있었는데 그 소리를 듣지 못했다.

몸과 마음, 그리고 우리가 살아가는 환경은 모두 연결되어 있다는 것을 질병은 시간을 들여 가르쳐 주고 있었다.

생각해 보니, 이 모든 과정은 질병이 내 삶에 던진 질문에 내가 답해가는 시간이었다.

병을 친구처럼 가까이 두기엔 여전히 불편하다.

하지만 그 덕분에 나는 비로소 '몸이 하는 말'을 들을 줄 알게 되었다.

그리고 삶의 방식에도 질문을 던지기 시작했다.

지금 건강하게 생활하는 아이들을 보며, 외롭고 어두웠던 그 시간이 우리에게 남긴 깨달음을 되짚어본다.

시련 속에서도 희망은 자라난다는 것, 그리고 그 희망은 종종 우리가 전혀 예상하지 못한 곳에서 시작될 수도 있다는 것을 이제는 안다.

누군가는 병과 싸워 이기고, 누군가는 병에 지기도 한다.

하지만 나는 병과 함께 삶을 고쳐나가기로 했다.

이 책은 투병 기록으로 끝나지 않는다.

그래서 우리가 경험한 특별한 치료법을 내세워 따라 하라고 권하는 책은 더더욱 아니다.

한때는 지극히 평범하고 평탄하게 살아왔다고 믿었던 내가 셋째의 백혈병과 첫째의 아토피, 그리고 내 건강 문제를 겪으며 삶을 다시 배우게 된 기록이다.

병원 치료를 존중하되, 몸 스스로의 치유력 또한 믿기로 한 엄마의 분투.

의사도 약사도 아닌 한 사람이 몸의 원리를 따르며 가족의 회복을 지켜낸 경험.

그 과정을 기록하며 나는 비로소 '엄마이기 전에 한 사람'으로 성장했다.

백혈병으로 아팠을 때 세 살이던 아이는 올해 열한 살이 되었다.

그 아이는 당시의 기억을 거의 떠올리지 못한다.

나 역시 기록해 놓지 않았다면 많은 장면을 잊었거나 기억이 가물가물할 것이다.

흔히 기억은 머리에 담고 추억은 가슴에 담는 거라고 한다.

나는 기억을 다시 연결하고 정리하면서 아픈 기억을 가슴에 담아 이제는 따뜻한 추억으로도 바라볼 수 있게 되었다.

그래서 더 늦기 전에 이 이야기를 한 권의 책으로 꼭

정리하고 싶었다.

그때는 아프기만 했던 시간이 이제는 내 삶을 담대하지만 담담하게, 단순하지만 단단하게 이끌어 주고 있기 때문이다.

물론 치료가 끝난 뒤에도 재발에 대한 두려움 때문에 흔들리던 시간도 많았다.

그러나 지금은 다르다.

이 책은 앞으로도 내가 흔들릴 때마다 내 몸과 마음을 꽉 붙들어 줄 기록이 될 것이다.

또한 우리 가족과 비슷한 경험을 하고 있거나, 건강 주권과 자연치유에 관심 있는 이들에게도 작은 길잡이가 되기를 바란다.

우리의 이야기는 감기라는 아주 흔한 병에서 시작된다.

지금 이 책을 펼친 당신은 혹시 아픈 몸이나 지친 마음으로 있지는 않은가.

끝없는 통증과 싸우고 있지는 않은가.

아이의 알레르기나 만성 질환으로 밤잠을 설치고 있지는 않은가.

혹은 매일 약을 먹거나 치료받으며 다른 선택지는 없

 엄마가 고친다

을지 고민하고 있지는 않은가.

그렇다면, 우리 함께 이 길을 걸어가 보지 않겠는가.

병을 두려워하지 않고, 몸을 믿으며, 스스로 삶까지 고쳐나가는 길을.

엄마는 고칠 수 있다.

질병이 삶에 던진 질문에 이제는 우리가 함께 대답해 나갈 차례다.

부디 이 여정을 함께해 주시기를 바란다.

2026년 2월

홍성화

1부
무너진 자리에서

셋째의 백혈병, 사건 한가운데의 기록

감기로 시작한
공포의 일주일

2018년의 그날을 다 잊은 줄 알았다.

하지만, 생각하면 할수록 생생하게 떠오른다.

그해 여름, 우리나라는 사상 최악의 폭염에 시달렸다. 물론 2024년의 찜통더위가 2018년 최장기간 열대야와 최고 온도 기록을 깨긴 했지만, 그전까지는 경험해 보지 못한 폭염이었다. 뉴스에서는 앞으로 인류가 한 번도 겪어보지 못한 기후 변화가 일상이 될 거라고 했는데, 그 말이 현실이 되었다.

여섯 살, 다섯 살, 세 살.

고만고만한 아이 셋을 돌보는 일상은 전쟁 같았다.

밤에도 열대야, 아침부터도 푹푹 찌는 더위에 하루 시작이 두려웠다. 지긋지긋한 무더위가 하루빨리 끝나기만을 바랐다.

그렇게 8월을 견뎠고, 이제야 한숨 돌리나 싶었는데 셋째가 감기에 걸렸다. 그냥 코감기였다. 며칠 약 먹고 쉬면 괜찮아지겠지, 생각했다.

그런데 그 감기가, 백혈병의 시작일 줄은 상상도 못했다.

2018년 9월 10일, 월요일.

첫째와 둘째를 부랴부랴 어린이집에 보내고, 셋째와 동네 소아청소년과에 갔다. 남편은 출근한 뒤였다. 전날, 불안한 마음이 종일 맴돌았다.

아침밥을 준비하고 있었는데 남편이 다가와 말했다.

"여보, ○○이가 이상해. 한쪽 다리를 끌어."

순간 가슴이 철렁 내려앉았다. 전날까지만 해도 잘 걷던 아이였다. 그런데, 셋째가 잔뜩 찡그린 표정으로 왼쪽 다리를 질질 끌며 나에게 오고 있었다.

이상한 조짐은 며칠 전에도 있었다.

9월 5일 새벽, 잠을 자던 셋째가 갑자기 토하기 시작했다. 더 의아했던 건 전날 저녁, 왼쪽 목의 림프절이 탁구

공처럼 볼록하게 부풀어 올랐던 것이었다.

깜짝 놀라 가족들에게 말했지만, 다들 고개만 갸웃거릴 뿐이었다. 아침이 되면 병원에 가려고 했는데, 새벽부터 이상했다. 손발은 얼음장처럼 차가웠고, 물만 먹어도 토했다.

다이어리를 펼쳐 전날 먹은 것을 다시 확인했다. 애호박과 양파를 다져 넣은 계란찜에 밥을 비벼 먹였고, 후식으로 황도, 포도, 가래떡까지 다 잘 먹었다. 셋 다 똑같이 먹였는데, 이상하게도 셋째만 탈이 났다.

소아청소년과에선 일반 감기라 했다.

목의 림프절이 부은 것도 감기로 인해 얼마든지 커질 수 있다고 했다. 시간이 지나면 원래대로 돌아가니 걱정하지 말라고 했다.

다만 열이 없더라도 계속 칭얼대면 해열제를 4시간 간격으로 먹이라고 알려주었다. 해열제에 진통 효과가 있으니 그렇게 하면 된다고 소아청소년과 원장은 알려주었다.

나는 의사의 말을 믿고 그대로 따랐다. 셋째는 형들과 잘 놀았고, 밥도 곧잘 먹었다.

조금만 더 지나면 낫겠지, 괜찮아지겠지, 생각했다.

하지만 셋째의 몸은 계속 신호를 보내고 있었다. 밤마다 자주 깼고, 칭얼거림이 잦았다. 열은 없었지만, 의사 말대로 해열제를 먹여 재웠다. 그러면 아이는 그런대로 잘 잤다.

그렇게 하다 보니 4일이 지났다.

9월 9일, 일요일 아침.

왼쪽 다리를 끄는 모습을 보자마자 그제야 감기가 아님을 확신했다.

그동안의 염려가 더 불길한 예감으로 바뀌었다. 하지만 정확히 무엇인지는 알 수 없었다. 그저 무섭고, 두려웠다.

다급했지만 일요일이라 응급실밖에 갈 수 없어 하루를 더 기다렸다. 다음 날, 소견서를 받아 큰 병원으로 가려고 했다.

9월 10일.

동네 소아청소년과 진료실에 들어서려는 순간, 셋째는 심하게 몸부림을 쳤다. 마치 도살장에 끌려가는 소처럼 버텼다. 소아청소년과 원장도 평소와 다른 셋째의 행동에 놀라 곧바로 소견서를 써 주었다.

그러나 서울까지 갈 엄두를 못 냈다.

첫째와 둘째가 어린이집에서 돌아왔을 때 엄마가 없다는 사실에 충격받을까 봐 그 또한 걱정이 컸다. 그래서 조금이라도 가까운 천안의 D대학병원으로 갔다.

소아청소년과 의사는 고관절염을 의심했다. 감기나 바이러스 감염 후에 흔히 나타나는 증상이라고 했다. 한 달 입원하면 괜찮아진다고 했고, 보통 3세에서 12세 사이의 남자아이에게 자주 발생한다고 했다. 셋째가 딱 그 나이였다.

입원과 동시에 피검사, 초음파, MRI가 진행됐다.

왼쪽 고관절에 물이 차 있었고, 맑은 액체가 나왔다고 했다. 다행히 화농성 고관절염은 아니라고 해서 안심했다. MRI 소견도 고관절염에 가깝다고 했다.

크게 걱정할 일은 아니라는 말에 남편과 나는 놀란 가슴을 쓸어내렸다.

'정말 별거 아니겠지' 그러길 간절히 바랐다.

곧바로 항생제 치료에 들어갔고, 48시간 동안 항생제

반응을 보기로 했다.

하지만 기대와 다르게 아무런 효과도 못 봤다.

셋째는 밤낮으로 통증을 호소했고, 잠도 제대로 못 잤다.

해열진통제도 효과가 없었다. 나는 휠체어와 유모차에 번갈아 아이를 태우고 병원 복도를 쉬지 않고 돌아다녀야만 했다. 그래야 겨우 5분을 잘까 말까였다.

'얼마나 아프면 잠도 잘 못 잘까.'

그러나 당시엔 그런 생각조차 못 했다. 나 역시 뜬눈으로 밤을 새우고 있었으니, 내 몸과 마음도 정상이 아니었다.

입원 3일째, 셋째는 핵의학과에서 뼈 스캔 검사를 받았다.

뼈에 이상이 있는지 없는지 확인하는 검사라 했다.

48시간 동안 항생제에 반응이 없었고, 외상도 없는데 통증이 계속되자 뼈 감염(골수염)을 의심했다. 의료진들의 낯빛은 어두웠고, 말을 아꼈다.

정형외과 의사가 와서 "항생제가 반응하지 않아 수술이 필요하다."라고 했다.

간단한 수술이라 했지만, 왠지 모르게 불안을 떨칠 수가 없었다.

9월 13일, 목요일.

1시간이면 충분하다던 수술은 2시간 넘게 걸렸다.

수술실에서 나온 의사의 얼굴은 땀에 흠뻑 젖어 있었다.

뼈가 너무 약해 건드리면 금방 부러질 것 같아 예정대로 수술을 못 했다고 했다.

대신 아주 가느다란 바늘로 세 군데를 찔러 염증 물질을 빼냈고, 10리터가 넘는 생리식염수로 고관절 부위를 세척했다고 했다. 그러면서 의사는 단순 고관절염이 아닐 수도 있다고 말했다.

감염 또는 종양세포 여부 등을 확인하기 위해 염증 물질로 세포검사와 배양검사를 진행한다고 했다.

다음 날, 뼈 스캔 결과는 충격이었다.

왼쪽 고관절뿐 아니라 양쪽 어깨뼈, 오른쪽 갈비뼈까지 병변이 의심된다고 했다.

전신 MRI, 전신 뼈 스캔 검사를 또 해야만 했다.

게다가 열이 계속 안 떨어져 항생제도 바꿨다. 셋째의 상태는 갈수록 태산이었다.

　　　　엄마가 고친다

9월 17일, 월요일.

입원 일주일이 지났다.

검사를 할 때마다 병변은 계속 늘어나 있었다. 갈비뼈 여러 곳, 그리고 양쪽 어깨뼈 대부분까지.

정확한 진단은 그때까지도 없었다.

검사만 반복되었을 뿐, 명확히 드러난 건 아무것도 없었다.

병원과 의사에 대한 신뢰는 무너졌고, 마음속엔 분노만 가득 찼다.

도움을 구하려고 다짜고짜 친정 오빠에게 전화를 걸었다.

하지만 어떤 말부터 꺼내야 할지 몰라, 입이 떨어지지 않았다.

몸이 덜덜덜 떨리며 눈물만 뚝뚝 떨어졌다.

폰 너머로 오빠는 담담하게 말했다.

"울지 마라. 지금은 울 때가 아니다. 마음 단단히 먹어라."

"당장 소견서 받아서 서울로 올라와라."

통화가 끝나자마자 주치의에게 정중히 부탁드렸다.

그날 저녁, 우리는 준비된 모든 진료기록을 가지고 서울A병원 소아전문응급센터로 향했다.

"감기인 줄 알았다. 하지만 그건, 삶이 완전히 뒤집히는 시작이었다."

엄마가 고친다

"급성 림프모구성
백혈병입니다"

129 사설 구급차 안은 생각 외로 아주 좁았다.

기본적인 응급 장비 외에도 제세동기, 인공호흡기, 심장충격기, 산소포화도 측정기까지 특수 의료 장비도 빼곡히 차 있었다. 어른 한 명 간신히 누울 수 있을 만큼의 공간이 있었고, 보호자나 응급구조사가 앉을 수 있는 자리도 좁디좁았다.

계속되는 통증에 셋째는 제대로 누워있지도, 앉아 있지도 못했다. 요란한 사이렌 소리를 들으며 1시간 20분을 달리는 동안 아이는 괴로움에 몸 둘 바를 몰랐다. 게다가 이용 요금도 175,000원씩이나 나왔다. 아직 시작도 안 했는데, 벌써 지출이 컸다.

서울A병원 소아응급실에 도착하자마자 모든 것이 일사천리로 진행됐다. 셋째는 응급 1순위였기에 기다리지도 않았다. 별다른 설명은 없었지만, 이미 천안의 D대학병원에서 마지막으로 하려 했던 검사들이 준비되고 있었다. 백혈병 진단을 위한 절차였다. 세 살 아기 몸에서 나올 게 뭐가 그리 많다고, 피를 그렇게도 많이 뽑는지. 죽기 살기로 발버둥 치는 아이를, 있는 힘껏 붙든 채, 나는 속으로 얼마나 울었는지 모른다.

자정이 지났는데도 응급실은 대낮처럼 밝았다. 안내에 따라 입원 절차를 밟았고, 잔뜩 긴장한 탓에 졸릴 틈도 없었다.

어느새 아침이 되었고, 우리가 도착한 곳은 신관 14층 146병동이었다. 입구에는 '소아청소년종양혈액과'라는 글자가 보였다. 그저 어리둥절했다.

왜 우리가 이런 곳에…

믿어지지 않았다.

지금 생각해 보면, 그 순간이 우리가 '병원 밖의 세상'과 단절된 시간이었다.

 엄마가 고친다

　오후 5시, 남편과 나는 담당 교수님과 면담하기로 했다. 전날 밤 응급실에서 한 검사와 지방 병원에서 가져온 소견서, 그리고 영상 재판독 자료들을 통틀어 진단명이 내려졌다.

　"○○이는 급성 림프모구성 백혈병입니다."

　그 말이 떨어지자마자, 심장이 내려앉았다. 무슨 병인지는 잘 몰라도, 분위기상 심각하다는 것만은 확실했다.

　드라마에서나 들어본 병이었는데, 내 아이도 걸리고 말았다.

　'죽으면 어떡해…' 순간적으로 이 생각부터 들었다. 온몸이 바들바들 떨렸다. 남편이 우는 걸 처음 봤다. 아이한테 세상의 전부인 엄마가 되어, 왜 여태껏 아무것도 몰랐을까. 나 자신이 너무너무 한심하고 미웠다.

　그러나 슬퍼할 겨를도 없이 담당 교수님의 말씀이 이어졌다.

　"1차 항암 한 달이 전체 치료에서 가장 중요합니다."

　"표준 스케줄에 따라 내일부터 항암을 시작할 겁니다.

치료는 입원 상태에서 진행하며, 7일째, 14일째, 28일째 골수검사를 할 겁니다.”

“이 세 번의 검사에서 백혈병 세포가 점점 줄어들면서, 골수 속 백혈병 세포가 5% 미만으로 떨어지면 완전관해 되었다고 합니다. 이렇게 돼야 1차 항암은 끝납니다.”

“아이 옆에서 엄마가 잘 협조해 주세요. 힘들겠지만, 저희도 최선을 다하겠습니다.”

그러면서 앞으로의 치료 계획과 주의 사항은 전문 간호사가 그때그때 잘 설명해 줄 거라고 덧붙였다.

급성 림프모구성 백혈병은 골수에서 정상 백혈구가 악성 세포로 변해 말초 혈액으로 퍼지는 혈액암이다. 정상 혈구 생성을 방해해 면역력이 급격히 떨어지며, 간·비장·뼈·림프절을 침범하면 장기가 붓고 뼈에 통증이 생긴다.

셋째가 토하고 어지러워했던 이유, 외상이 없는데도 밤마다 아파했던 이유를 그제야 이해할 수 있었다.

가슴이 찢어진다는 게 뭔지, 말로 다할 수 없는 고통이 뭔지를 그때 처음 느꼈다.

백혈병 치료의 기본은 항암화학요법이다. 이 외에도 방사선치료, 조혈모세포이식이 있지만, 셋째는 우선 항암화학요법만 받기로 했다.

항암화학요법은 다시 두 단계로 나뉜다. '관해유도요법'과 '공고요법'.

관해유도요법은 항암제를 투여해 백혈병 세포를 5% 미만으로 줄이고 증상을 없애는 것이 목표다. 앞에서도 말했듯이 이런 상태를 '완전관해'라고 부른다.

이어지는 단계는 '공고요법'. 이는 선택이 아닌 필수라고 했다. 1차에서 관해가 되어도 몸속 어딘가에 남아 있을지 모를 암세포를 모두 없애기 위해 꼭 필요한 처치란다.

쉽게 말해, 관해유도요법은 불이 번지지 않도록 보이는 불씨를 끄는 과정이고, 공고요법은 타고 남은 재 속의 잔불까지 완전히 꺼서 다시 불이 나지 않게 하는 과정이다. 완치만 된다면 뭐든 하기로 했다.

특히 셋째가 진단받은 급성 림프모구성 백혈병은 뇌와 척수로 전이되기가 쉬워 중추신경계로의 재발을 막기 위해 예방 치료도 같이해야 한다고 했다. 척수 내 항암제

투여가 그것이고 다행히 방사선치료까지는 받지 않아도 된다고 했다.

2018년 9월 19일, 셋째는 항암에 앞서 케모포트 삽입술을 받았다.

케모포트란, 항암제처럼 자극이 강한 약물을 안정적으로 정맥에 주입하기 위한 중심정맥관 장치다. 반복적인 채혈과 주사로 손상되는 말초 정맥을 대신해, 큰 정맥에 연결된 포트로 항암제가 들어갈 거라고 했다. 설명을 듣는 내내 땅이 꺼질 듯 한숨만 나왔다.

케모포트 삽입술은 항암제로 인한 혈관 손상 방지, 혈관 확보의 어려움 해소, 장기간 치료를 위한 안정적 접근을 위해 필요한 시술이다.

그렇지만 간단한 시술이라 해도 부모로선 모든 게 걱정이다. 전신 마취, 오른쪽 가슴 위 일부 절개, 케모포트 삽입, 절개 부위 봉합 등 어린아이를 수술실에 혼자 들여보내고 기다린 1시간은 고문과도 같았다.

불과 6일 전, 고관절염으로 간단한 수술이라 했지만, 어린 것이 두 시간 넘게 수술실에 있었던 기억이 생생해

 엄마가 고친다

안절부절못했다.

그런데 이번엔 백혈병 치료를 위한 준비라니. 앞으로 어떤 일이 더 벌어질지, 불안을 떨칠 수가 없었다.

"울지 마라. 지금은 울 때가 아니다. 마음 단단히 먹어라."

순간 오빠의 말이 떠올랐다.

정말 그랬다. 지금은 울 때가 아니다. 이제부터가 시작이었다.

지난 일주일은 단지 전초전에 불과했다.

곧이어 케모포트를 통해 처음으로 항암제가 들어갔다. 뇌척수액검사도 받고, 척수강 항암도 시작되었다. 감쪽같이 열이 안 나기 시작했다. 첫 항암에 백혈병 증상이 사라지고 있었다.

그렇게 셋째와 나는 서울A병원 신관 146병동 소아청소년종양혈액과에서 낯설고 불편한 일상을 이어 나갔다. 언제 끝날지 모를 그 길을 가야만 했다.

그제야 모든 게 다 맞아떨어졌다.

얼마나 고통스러웠을까, 얼마나 아팠으면 잠도 못 자고 그렇게 찡찡댔을까.

28개월 된 아기가 견딜 수 있는 통증이 아니었다.

그런데도 난 육아에 지친 나머지 아이를 다그치고, 왜 자꾸 징징대냐고 혼내기도 했다.

아이의 보챔이 전부 신호였는데, 나는 왜 그 신호를 눈치채지 못했을까.

야속하게도 너무너무 몰랐다. 아픈 아이를 더 아프게 했다.

가슴이 미어졌다. 벌 받는 것 같았다.

하지만 앞으로는 아이 곁을 끝까지 든든하게 지켜주겠다고 다짐했다.

더 이상 울지 않기로 했다.

언젠가 이 시간을 돌아봤을 때, 우리가 이겨냈다고 웃으며 말할 수 있기를.

"진단의 충격을 넘어, 자책에서 의지로!
아이의 고통을 함께 짊어진 엄마의 분투가 시작되었다."

항암 부작용을 마주하며
품은 결심

"1차 항암 한 달이 전체 치료에서 가장 중요합니다."

아이가 백혈병 진단을 받았던 날, 교수님은 이 말을 몇 번이고 되풀이했다.

나는 그 말을 철석같이 믿고, 28일 내내 하루도 빠짐없이 덱사메타손(Dexamethasone)을 먹였다.

그 당시의 목표는 딱 하나, '완전관해'였다.

그렇게만 된다면, 다른 건 다 괜찮다고 생각했다. 나는 매일 다이어리에 기록하며 약을 먹였다.

그러다 어느 날 이 약은 항암제가 아니라, 매우 강력한 스테로이드라는 사실을 알았다.

1차 항암 중이었을 땐 약에 대한 자세한 설명이 없었다. 상황이 워낙 급박해 "무조건 먹이세요"라는 말만 기억이 난다. 그래서 나는 그저 하라는 대로 했다.

그런데 왜 항암제도 아닌 '스테로이드'를 항암 첫 단계에 쓸까?

왜 단 하루도 빠뜨려선 안 되는 걸까?

생소했던 이름, 덱사메타손. 지난 2020년, 코로나에 걸린 트럼프 대통령이 복용하며 뉴스에 나왔던 바로 그 약이었다.

후에 의료진에게서 들은 설명에 따르면, 28일간 이 약을 먹어야 했던 이유는 세 가지였다.

첫째, '덱사메타손'은 백혈병 세포를 직접 사멸시킬 수 있는 항암 효과가 있다. 28일간의 집중 복용은 골수 깊숙이 숨어 있는 세포들까지 제거해, 조기 관해를 유도한다.

둘째, 중추신경계에 침투해 뇌척수액 속 암세포의 재발을 막는다. 급성 림프모구성 백혈병 세포는 뇌척수액 같은 '안전지대'에 숨어 있기 쉬운데, 이 약은 그런 곳까지 도달해 암세포를 공격한다.

셋째, 표준 치료 프로토콜의 핵심이다. 빈크리스틴, 독소루비신, L-아스파라기나제 등의 항암제와 함께 쓸 때 관해율을 극대화할 수 있다.

이 때문에 갑자기 끊을 수도 없고, 이후에도 서서히 용량을 줄여나가야 한다는 것이었다.

비로소 나는 그 28일이 얼마나 결정적인 시간인지를 알았다. 그래서 더 열심히 먹었다.

하지만 모든 약이 효과만 있다면 얼마나 좋을까. 약은 언제나 효능과 부작용이 한 쌍이다. 부작용 없는 약은 없다. 특히 항암제는 강력한 효과만큼이나 독성 또한 강하다. 그럼에도 환자는 그 효능을 위해, 부작용을 감당해야만 한다.

입원 중, 146병동에서 나는 유일하게 고기 굽는 엄마였다. 세 살배기 아이는 어른처럼 밥과 고기를 먹었다. 식사때마다 2인분 같은 공깃밥을 혼자 뚝딱 해치웠다. 그러다 보니 내가 먹을 밥이 없었다.

덱사메타손의 대표적인 부작용 중 하나는 식욕 증가다. 가까이에 사는 오빠와 새언니, 남동생이 돌아가며 단골 정육점에서 최고급 고기를 사다 날랐다. 나는 전자레인지용 그릴에 소고기, 돼지고기, 오리고기를 매번 번갈아 구워 먹었다.

"잘 먹는다면서요? 그게 무슨 부작용이에요?"

잘 모르는 사람은 이렇게 말할 수도 있다. 다른 암 환자들은 먹지 못해 고생하는데, 잘 먹으면 좋은 거 아니냐고.

문제는 꽂히면 그것만 먹는다는 데 있었다. 셋째는 고기와 밥 외에는 어떤 것도 입에 대지 않았다. 특히 부드럽고 연한 살치살을 제일 잘 먹었다. 전자레인지에 구웠을 때 질기지 않고 가장 맛있게 구워졌다.

밥을 잘 먹는 셋째가 146병동 보호자들 사이에서 화제가 되기도 했다. 하지만 나는 약 때문에 그런 거니까 마냥 기쁘지도 않았다.

얼마 안 가 서서히 부작용들이 드러나기 시작했다. 혈당 상승, 부종, 감정 기복이 그것이다. 혈당이 오르면서 당뇨 위험이 커졌다. 매일 채혈할 때마다 혈당 수치를 확인했다. 그러다 당뇨 진단을 받는 아이도 있었는데, 셋째의 수치도 불안했다. 얼굴은 점점 빵빵해졌고 완전히 다른 사람 같았다.

감정 기복도 심해졌다. 짜증을 내다가 이유 없이 울기도 했다. 심지어 회진 나온 교수님께 발길질하거나, 인형을 던지기도 했다. 약물이 아이의 몸뿐 아니라 마음까지 흔들다니…. 항암 부작용이라는 걸 알면서도, 그런 모습을 볼 때마다 가슴이 아팠다.

그렇지만 먹을 수 있을 때 잘 먹여야 항암을 이겨낼 수 있으니, 나는 매 끼니 고기를 구워 정성껏 먹였다.

그러다 2차 항암인 공고요법으로 들어가면서 모든 것이 바뀌었다.

'공고(鞏固)'. 단단하고 든든한 느낌의 이 말은, 일상에선 지옥 같은 시간이었다. 아이의 몸은 하루가 다르게 무너졌다. 두 달 가까이, 단 하루도 제대로 먹지 못했다.

"엄마, 이거 먹고 싶어." 해서 대령하면 먹지 못했다. 특히 치킨을 수시로 먹고 싶어 했는데, 막상 한입 먹으면 "이거 아니야." 하며 뱉어냈다. 음식은 욕망으로만 존재했고, 실상은 모두 '그림의 떡'이었다.

더 마를 살도 없는데 셋째는 점점 더 말라갔다. 갈비뼈가 도드라질 정도였다. 내 새끼의 이런 모습을 차마 눈 뜨고 보기가 어려웠다.

뭐든 처음이었던 1차 항암이 가장 편안하고 쉬웠다. 그제야 1차 항암을 왜 덱사메타손으로 시작했는지, 부작용이 있든 없든 왜 잘 먹여야 했는지 한 번에 이해되었다.

2018년 12월 24일, 크리스마스이브.
하루하루가 지옥 같던 2차 항암이 끝나고 맞이한 이브였다. 하지만 그 기쁨도 잠시였다.

12월 27일.
아이의 호중구 수치는 380. 기준인 500을 넘지 못해 골수검사가 연기됐다.

2019년 1월 3일.
450까지는 올랐지만, 여전히 부족했다. 그러나 교수님은 "그냥 하자."라고 하셨다. 바로 그날 밤, 셋째의 체온은 39도까지 올라갔다. 다음날 우리는 병원 지침대로 응급실로 갔다.
그때까지만 해도, 병원의 지시를 따르는 것이 정답이라 믿었다. 하지만 그 믿음은 조금씩 흔들리기 시작했다.

1월 7일~8일.
열이 내렸다 다시 올랐다. 1월 8일, 간 수치는 668(정상은 40 미만)이었다. 우루사를 먹이고 수액을 맞아도 좀처럼 내려가지 않았다. 231까지는 떨어졌지만, 여전히 위험 수치였다.

아이 몸에 여기저기 두드러기 같은 이상 반응이 나타났다. 피부과에선 별다른 말 없이 보습 로션만 처방해주었다.

1월 9일.

파라인플루엔자 바이러스가 검출됐다. 저마그네슘혈증(hypomagnesemia)으로 마그네슘 주사도 맞았다. 간 기능이 떨어지면 단백질 합성이 저하되고, 마그네슘 운반 능력도 떨어진다고 했다. 또한 높은 간 수치 때문에 수액을 계속 맞았는데, 이렇게 하다 보면 오히려 마그네슘 배출이 촉진되어, 또 다른 문제를 부를 수 있다는 것도 알았다. 첩첩산중이었다.

1월 10일.

밤사이 입술이 터져 피가 굳어 있었다. 나는 조심스럽게 바셀린 거즈를 대주었다. 혈소판 수혈도 받았다. 처방과 처치가 점점 늘어났다. 퇴원은 하루 더 미뤄졌다.

점점 나아지는 게 아니라, 부작용만 늘어갔다. 아이 몸이 말하고 있는 것 같았다. 도와달라고, 견딜 수 없다고.

1월 11일~14일.

가까스로 퇴원했지만, 이틀 뒤 다시 열이 났다. 1월 14일, 혈소판 수치가 3만(정상 수치는 대체로 15만~45만)이었다. 낮았지만 오르는 중일 수도 있어서 지켜보기로 했다.

항암은 정해진 스케줄대로 제때제때 치료받는 것이 중요한데, 우리는 1월 4일 이후 열흘이 넘는 그날까지도 오직 부작용 관리에만 매달렸다. 계속 미뤄지니 불안했다.

더는 병원에만 의존하지 않겠다고 결심했다. 병원 밖의 정보에도 귀를 기울이기로 했다.

'무엇이 아이에게 도움이 될까?'

'어떻게 하면 부작용을 줄일 수 있을까?'

'항암 부작용 완화', '아이 간 수치 회복', '항암 중 영양 보충' — 하루에도 수십 번씩 인터넷 검색창을 들여다봤다. 면역 회복을 위한 자연적 접근에 관심이 커졌다. 그때부터 건강 관련 책들을 닥치는 대로 읽어 나갔다.

그건 단순한 관심을 넘어 절박함으로 시작한 결단이었다.

 엄마가 고친다

"내 새끼는 내가 살려야겠다."

먹이고, 재우고, 달래고, 기도하고, 희망을 걸고, 온 마음을 다해 아이의 하루를 지켜내기로 했다. 나는 엄마니까 무엇이든 할 수 있다고 생각했다.

병원은 최선을 다해주고 있었다. 하지만 그 '최선'만으로는 어딘가 부족해 보였다. 백혈병이라는 큰 병 앞에서, 병원 치료가 중심이기는 하지만, 이 또한 하나의 방식이라는 사실을 깨닫기 시작했다.

그즈음, 문득 떠오른 게 있었다. 2018년 1차 항암이 끝나고 퇴원해 집에 있을 때, 일본에 사시는 남편의 이모가 권했던 건강기능식품 이야기. 그땐 단칼에 거절했었다. 병원에서 하지 말라는 건 아무것도 하지 않겠다는 생각 때문이었다.

그런데 이제는 그 말이 자꾸 귀에 맴돌았다.

"세포를 살리는 데 꼭 필요한 성분이야. ○○이가 꼭 먹었으면 좋겠어."

한때는 미심쩍게만 들렸던 그 말이, 점점 진심으로 다가오기 시작했다. 어쩌면 내가 외면했던 그 말 속에 단서가 있을지도 모른다는 생각이 들었다.

'세포를 살리는 성분'이라….

입원했어도 쉽게 줄어들지 않았던 간 수치, 마그네슘 주사까지 맞았던 날들. 약물 부작용으로 몸 전체가 요동치고 식사 한 끼가 희망이자 절망이었던 시간들.

나는 간절히 원했다. 이 상황을 바꿀 수 있는 '무언가'가 있기를. 단 하나라도 아이의 회복에 도움이 된다면 무엇이든 해보고 싶었다.

그래서 마음을 열었다.

아이의 건강을 위해서라면 필요한 모든 것을 배우고 받아들이기로 했다.

이것은 병원에 대한 불신이 아니었다. 오히려 의료진의 노력을 인정하면서도, 그들이 할 수 없는 영역에서 내가 할 수 있는 일을 찾는 것이었다. 치료는 의료진이, 돌봄은 내가. 이렇게 역할을 나누어 가는 것이라 생각했다.

드디어 나는 '병원 밖의 길'에도 한 걸음 내디뎠다.

"진짜 결심은, 가장 절박할 때 시작된다."

※ 관련 의학 정보는 대한소아혈액종양학회 치료 가이드라인과 담당 의료진의 설명을 바탕으로 작성되었습니다.

그 아이는
누구의 잘못도 아니었습니다

셋째가 백혈병 투병을 시작하면서 나는 매일 병의 원인을 찾아 헤맸다.

도대체 왜, 무엇 때문에 이런 일이 벌어진 건지 몰라 답답했다.

아프더라도 왜 아픈지는 알아야 제대로 된 치료가 가능할 거라고 생각했다.

원인도 모르면서 내려진 진단만으로 치료한다는 게 선뜻 이해가 안 갔기 때문이다.

하지만 원인이 밝혀질 때까지 가만히 손 놓고 있을 수도 없었다.

그래서 병원에서 얘기한 표준 치료 스케줄을 그대로 따르며 항암을 시작했다.

그러나 마음의 준비를 하고 치료에 들어갔음에도, 항암 치료는 굳은 각오마저 산산이 부수어 버릴 만큼 가혹했다. 아이 몸으로 들어가는 모든 주사와 약이 세포 독성을 갖고 있었기 때문에 약물에 따라 달라지는 몸 상태를 볼 때마다 엄마로서 가엽고 불쌍해 늘 마음이 어수선했다. 그리고 그럴수록 그 모든 게 내 잘못인 것만 같았다.

겉으로 아무리 억척스럽게 행동해도, 속은 수시로 무너져 내렸다.

어쩔 수 없으니 내려놓기로 마음을 다잡았지만, 시시때때로 흔들리는 마음을 제어하기란 불가능했다.

그럴수록 더욱더 애썼다.

스케줄이 밀리지 않고 제때 치료받을 수 있도록, 영양가 있는 음식을 그때그때 부지런히 해 먹였다.

"울지 않고 항암 주사 잘 맞고, 약도 잘 먹으면, 나머지는 엄마가 다 해줄게.

엄마만 믿어. ○○이는 반드시 나을 거야. 엄마가 꼭 그렇게 되도록 할 거야."

나는 하루도 빠짐없이 아이를 다독였고, 나 자신도 단단히 붙들고 있었다.

 엄마가 고친다

그랬는데 그 시기에 평생 나와는 아무 상관 없다고 여겼던 성경책을 내가 펼치게 되었다.

지금도 아이러니하다.

2019년 4월, 어느 날 밤이었다.

『새벽에 읽는 유대인 인생 특강』이라는 책이 눈에 들어왔다.

유대인은 전 세계 인구의 0.2%에 불과하지만, 세계적인 명성과 부를 쌓으며 각계각층에서 두각을 나타내고 있는 민족이다. 분명히 그들만의 비밀이 있다고 생각했다.

책을 보니 유대인은 어떤 고난 앞에서도 흔들리지 않는 믿음과 원칙으로 성공과 부의 상징이 되었는데, 그 정신이 바로 매일 읽는 '토라' 속에 녹아 있다는 것이다.

그런데 신기하게도 낯선 이름인 '토라'는 다름 아닌 우리가 알고 있는 (구약) 성경이었다. 그 순간, 소름이 돋을 만큼 깜짝 놀랐다.

그전까지 성경은 교회에 다니는 사람들만 읽는 책이라고 생각했는데, 유대인 지혜의 근원이 거기에 있다면, 내가 안 읽을 이유가 없었다. 전 세계인의 베스트셀러라는 말이 괜히 있는 게 아니었다.

누구의 손길도 없이 책장에 꽂혀만 있던, 먼지 가득한 성경책을 드디어 꺼냈다.

그러나 글투가 일상적이지 않아 어려웠다. 어떻게 읽는지도 몰라 그냥 무작정 처음부터 꾸역꾸역 읽었다. 간절한 마음 때문이었을까. 며칠 만에 창세기를 다 읽었다.

그러고 나니 꾀가 났다. 드문드문 넘기다가 '요한복음'이라는 곳에서 멈췄다.

9장을 읽고 있을 때였다.

갑자기 눈물 한 방울이 성경책 위에 툭 떨어졌다.

그러더니 뚝뚝뚝뚝 쏟아지기 시작했다.

그동안 눌러왔던 감정이 한꺼번에 솟아 올라왔다.

누군가 내 마음을 알아준다는 안도감이 이렇게 클 줄 몰랐다.

1절 예수께서 길을 가시다가 태어날 때부터 앞을 보지 못하는 사람을 보셨다.

2절 제자들이 물었다. "랍비님, 이 사람이 앞을 보지 못하게 태어난 것이 누구의 죄 때문입니까? 자기 죄입니까, 부모의 죄입니까?"

3절 예수께서 대답하셨다. "이 사람이나 그 부모가 죄

 엄마가 고친다

를 지은 것이 아니라, 하나님께서 하시는 일을 그에게 나타내시려는 것이다."

(요한복음 9:1-3, 새번역)

읽는 순간 이렇게 들렸다.

"성화야, ○○이가 아픈 건 그 누구의 잘못도 아니야.

너의 죄도 아니고, ○○이 잘못도 아니야.

다만 하나님이 ○○이를 통해 하시고자 하는 일을 보여주려고 그러시는 거야."

이 세 구절 앞에서 마음속 응어리가 풀리듯 눈물이 쏟아졌다.

'하나님은 교회도 안 다니는 우리에게 무슨 일을 나타내시려고…'

아이가 깰까 봐 소리도 내지 못한 채, 베개를 적시고 이불도 적셨다.

쉼 없이 쏟아지는 눈물에 나 자신이 놀랐다.

'위로란 게 이런 거였구나.'

그동안 수없이 했던 속앓이와 자책이, 단 세 구절로 한

꺼번에 씻겨 내려갔다.

엄마가 어깨를 토닥토닥 해주는 그 손길처럼 따뜻했고, 눈 녹듯 무거웠던 마음이 싹 녹아버렸다.

수많은 책이 꽂혀 있는 책장에서 『새벽에 읽는 유대인 인생 특강』이 눈에 띈 것도, 이 책으로 인해 성경책까지 펼치게 된 것도, 뜻밖의 일들이 마치 예견된 것처럼 일어나고 있었다.

당시 내게 가장 필요했던 건 바로 이런 거였다.

아무도 내게 그런 말을 해주지 않았기에, 어쩌면 난, 스스로 그 말을 찾아 나선 건지도 모르겠다.

'아, 누군가 내 마음을 알아준다는 게 이렇게 따뜻한 거였구나.'

아이가 크게 아프면, 세상의 모든 엄마는 끝도 없는 죄책감에 시달리게 된다.

그 죄책감은 마음을 잠식하고, 때로는 정신까지도 갉아먹는다.

 엄마가 고친다

'내 탓이 아닐까… 내가 뭘 잘못했을까… 그때 그렇게 하지 말았어야 했는데….'

그 끝없는 자책의 터널에서 누군가 이렇게 말해주었더라면 얼마나 좋았을까.

"그건 당신 잘못이 아니에요."

"그 아이를 통해 하나님이 하시려는 일을 보여주려는 거예요."

이 말이 꼭 나를 가리키는 것 같았다.

순간, 말씀 앞에서 나는 어린아이처럼 쉼 없이 엉엉 울었다.

지금, 이 글을 읽고 있는 당신, 혹은 당신 아이에게도 아픔이 있다면, 요한복음 9장 1절부터 3절을 한번 천천히 읽어보시길 권해드립니다.

성경은 믿음을 떠나, 수천 년 동안 가장 많이 읽힌 책이다.

작년 2025년 7월 16일, 전국 극장에서 개봉된 영화 『킹오브 킹스』는 왜 흥행했을까?

개봉 19일 만에 누적 관객 100만 명을 돌파하며, 2025년 애니메이션 최고 흥행작으로 자리 잡았고, 북미 개봉 이후 박스오피스 수익 약 6천만 달러를 기록하며 한국 영화 역대 최고 흥행 성적까지 달성했다.

이는 봉준호 감독의 『기생충』을 뛰어넘는 어마어마한 성과였다.

어떻게 일반인들에게도 성경 이야기가 이 정도로 흥행할 수 있었을까?

영화 『킹 오브 킹스』는 찰스 디킨스 부자가 시간 여행을 통해 2,000년 전 예수의 삶을 직접 체험하는 여정을 담고 있다. 나처럼 기독교인이 아니더라도, 한 번쯤은 들어봤을 이야기라 거부감이 없을 것이다. 기독교적 교훈을 바탕으로 하되, 부모와 자녀의 관계, 사랑과 갈등, 희생과 용서 같은 보편적인 인간의 감정이 함께 담겨 있어 종교를 떠나 누구나 공감할 수 있다.

내가 요한복음 9장 1절부터 3절에서 깊은 위로를 받은 것도 같은 이유였다.

인간이라면 누구나 이해하고 공감할 수 있는, 보편적

 엄마가 고친다

말씀이 가슴을 울렸기 때문이다.

　그 말씀이 당신에게도 따스한 위로로 다가가기를 바란다.
　그리고 마치 준비된 듯, 이사야의 말씀 한 구절도 눈에 들어왔다.

　"두려워하지 말라. 내가 너와 함께 함이라. 놀라지 말라. 나는 네 하나님이 됨이라.
　내가 너를 굳세게 하리라. 참으로 너를 도와주리라.
　참으로 나의 의로운 오른손으로 너를 붙들리라."
　— 이사야 41장 10절

"죄책감의 터널 끝에 빛은 오고, 위로는 생각보다 가까이에 있다."

제발
'재발'이 아니기를

    항암 치료는 총 여섯 차수로 진행되었다. 1차는 4주, 2차부터 6차까지는 각각 8주씩이었다. 3차와 5차가 똑같고, 4차와 6차가 같은 항암이었다. 3차와 5차는 비교적 수월했지만, 2차, 4차, 6차는 말 그대로 지옥이었다. 독성이 워낙 강해 아이가 버텨주는 것만으로도 기적이었다.

    특히, 2차 항암 내내 아이는 거의 아무것도 먹지 못했다. 목숨이 겨우 붙어 있을 만큼만 먹었고, 밥은 아예 먹으려고 하지도 않았다. 그나마 끓인 누룽지와 흰 우유는 먹었다. 끼니마다 만든 누룽지를 끓여주거나, 유기농 누룽지를 사다 먹였다. 식욕이 없을 때였으니 먹겠다고 하는 것만으로도 고마웠다.

     엄마가 고친다

시간이 갈수록 몸무게는 눈에 띄게 줄었고, 나중에는 엉덩이 살마저 없어졌다. 그냥 가엽고 가여웠다. 항암을 시작하면 곧바로 머리카락이 빠지는 아이들도 있었지만, 다행히도 셋째는 4차부터 많이 빠지기 시작했다. 누적된 항암이 눈썹과 속눈썹까지 휩쓸고 가면서 얼굴빛은 핏기 없이 창백해졌고, 몰골은 말이 아니었다.

눈썹 하나, 속눈썹 하나가 인상에 얼마나 큰 영향을 주는지를 그때 알았다. 세상에 당연한 것은 하나도 없었다. 아이의 고통을 지켜보며, 건강한 게 얼마나 감사한 일인지 비로소 깨달았다.

2차 항암부터는 특별한 변수가 없는 한, 한 차수의 항암이 끝날 때마다 골수검사를 했다. 피할 수 없었다. 그 어려운 걸 백혈병 진단받을 때부터 치료 종결까지, 무려 3년 4개월 동안 수차례나 받았다. 게다가 비급여라 경제적 부담도 컸다.

2019년 5월 7일 화요일.

4차 항암이 끝나고 골수검사를 위해 새벽같이 집을 나섰다. 새벽 3시부터 금식을 시작했고, 병원 도착 후 바로 채혈을 했다. 오전 7시 10분 전이었다. 9시가 되기 전, 채혈 결과가 나왔다. 절대 호중구 수치(ANC)가 170이었다. 500 아래면 감염 위험이 매우 커 골수검사를 진행할 수 없다. 결국 검사가 미뤄졌다.

5월 13일.
수치는 330. 여전히 부족했다.

5월 16일.
드디어 510이 나왔다. 백혈구 수치는 2,500으로 여전히 낮았지만(정상 수치는 4,000~10,000), 더는 미룰 수 없어 검사를 했다.

골수검사 후 깨어나 5차 첫 번째 항암이 들어갔고 9일 간의 꿀 같은 휴식도 주어졌다. 다행히 그 시기 아이의 컨디션은 아주 좋았다. 그동안 못 해본 드라이브도 가고, 산책도 하고, 외식도 했다. 봄 소풍처럼 설레면서도 소소한 하루하루가 그저 소중하고 감사했다.

항암 치료는 정해진 스케줄을 지키는 것이 무엇보다

중요하므로 나는 셋째의 컨디션을 늘 살폈다. 몸 상태가 좋아서 주기적으로 항암제가 투여되어야 남은 암세포를 반복적으로 공격할 수 있고, 누적 효과가 발생하며, 내성도 예방할 수 있다. 그래서 무엇보다 중요한 게 환자의 상태다. 호중구 수치가 낮거나 부작용이 심하면, 스케줄이 조정되기 때문에 치료 중에는 특히 잘 먹고, 잘 자고, 잘 노는 게 최고다. 쉬우면서도 어려운 이 단순한 진리를 지키는 사람이 결국 병도 잘 이겨낸다.

5월 27일.

5차 두 번째 항암을 위해 병원에 갔다. 충분히 쉰 덕분에 컨디션이 최고였다.

백혈구 수치는 살짝 낮았지만, 절대 호중구 수치는 850으로 안정적이었다.

그런데 이상한 일이 벌어졌다. 진료 대기실에서, 전광판에 셋째의 이름이 떴다가 사라지기를 반복했다. 진료실 바로 앞 간호사에게 이유를 물었지만 "어머니, 그냥 조금만 더 기다려 주세요."라는 말뿐. 걱정이 산처럼 커지다, 마침내 이름이 불렸다. 문을 열고 들어갔는데, 주치의 옆에 흰색 가운을 입은 또 다른 사람이 보였다. 그리고 들은 말은, 상상도 못 한 일이었다.

"재발했습니다."

5월 16일에 한 골수검사 결과에서 백혈병 세포가 13%로 뛰었다는 것이다. 완전관해 이후 백혈병 세포가 다시 5% 이상이면 재발로 본다. 하지만 셋째의 컨디션은 쉬는 내내 계속 좋았다. 열도 없었고, 어떠한 재발 증상도 없었다.

도저히 믿을 수가 없었다. 아무런 말도 하지 않고 가만히 있자, 교수님은 단호하게 말했다.

"지금 당장 입원해 이식 절차를 밟지 않으면, 애 죽어요."

차마 입 밖에 낼 수 없는 말을 들었고, 그대로 말문이 막혀버렸다. 곧이곧대로 믿고 시키는 대로 하기 싫었다. 왠지 그땐 그랬다.

"입원하지 않겠습니다."

두려웠지만, 내 아이를 위해 용기를 냈다.

『환자혁명』조한경 의사의 말이 떠올랐다.

"환자가 주체가 되어 중심에 서지 않으면 그 어떤 병도 고칠 수 없다."

이 말을 늘 가슴에 새기고 있었기에, 당당하게 내 의사를 밝혔다.

지금 생각해도 무섭고 아찔하다. 다시 똑같은 상황이 온다면 그때처럼 또 용기를 낼 수 있을까? 아는 게 여전히 많지 않다. 전문 지식으로 의사와 맞설 수도 없다.

그렇지만 이식을 위한 입원은 무슨 일이 있어도 막아야 한다고 생각했다. 아픈 아이를 돌보면서 무균실에 들어갈 일은 절대로 만들지 않겠다는 게 내가 세운 원칙이었다. 병원에서는 이식을 최선의 선택이라고 말하지만, 환자에게는 그것이 최후의 선택이 될 수도 있다. 입원하는 것은 늪에 빠지는 거라고 생각했다. 그다음은 되돌릴 수 없으니까. 그래서 더더욱 막아야 했다. 그게 내 아이를 지키는 나만의 방법이었다.

입원을 계속 거부하자, 교수님은 만일을 대비해 셋째를 입원 1순위로 지정해 주셨다. 그리고 다음 날 외래에서 다시 골수검사를 하자고 했다. 그렇게만 정하고 진료실을 나왔다. 애써 참았던 눈물과 콧물을 택시 안에서 쏟아내기에 바빴다.

나는 아이에게 무리가 되는 걸 알면서도, 골수검사를 선택했다. 당시 재발이 아님을 밝힐 수 있는 건 그게 최선이었다.

집에 돌아오자마자 치료 스케줄을 관리하는 전문간호사에게 전화를 걸었다. 그동안 열은 한 번도 나지 않았고, 몸 상태도 좋았다며, 다시 검토해 달라고 정중히 부탁했다. 간호사는 악성 세포일 가능성이 높아 곧 증상이 나타날 것이라고 말했다.

모든 게 무너져 내리는 기분이었다. 도저히 가만히 있을 수가 없었다.

무작정 여기저기에 연락해 셋째의 상태를 알리고 무슨 말이든 듣고 싶었다. 그때 같은 병을 앓는 한 아이 엄마와 통화를 하다 실마리를 찾았다.

인터넷 카페에서 본 적이 있다며 알려준 그 단어. '헤마토곤'. 백혈병 세포와 혼동되는, 회복 중에 나타날 수 있는 세포라고 했다.

순간 이거다, 싶었다. 나는 간호사 선생님께 다시 전화

 엄마가 고친다

를 걸어, 혹시 헤마토곤일 수도 있으니 한 번만 더 검토해달라고 간곡히 부탁했다. 그러자 선생님은 수치가 13%라서 재발 우려가 크다고만 말했다.

그럼에도 난 재차 말씀드렸다. 무슨 일이 있어도 재발은 막아야 했다. 금쪽같은 내 아기, 내가 포기하면 끝이라고 생각했다.

곧바로 인터넷을 뒤져 헤마토곤에 대해 파고들었다.

헤마토곤(Hematogone)은 백혈구가 되기 전의, 일종의 '아기 세포'다. 시간이 지나면서 면역을 담당하는 B세포로 자란다. 이 세포는 성장기 아이들, 혹은 항암 치료 후 회복 중인 사람들에게 흔히 나타날 수 있다. 그런데 문제는, 이 헤마토곤이 급성 림프모구성 백혈병(ALL) 세포와 형태가 매우 흡사하다는 것. 겉으로는 구분이 거의 불가능해서, 정밀검사를 거쳐야만 확실하게 알 수 있다는 것이다.

그렇다면 셋째는, 정말로 회복 중이었을지도 모른다.

나는 셋째의 몸을 믿고 헤마토곤이기를 간절히, 정말 간절히 바랐다.

6월 10일 ― 반전의 날.

5월 28일에 했던 검사에서는 여전히 비슷했지만, 6월 4일에 한 검사에서는 수치가 2.8%로 확 떨어져 있었다.

검사 수치는 명확했다.

병원도 더는 부정할 수 없었다.

아이는 재발한 게 아니었다. 확실히 회복 중이었다.

항암이 중단된 상태에서, 오히려 수치가 좋아지고 있었다. 6월 3일 채혈 결과, 백혈구 8,400, 절대 호중구 수치 5,780. 이외 모든 수치도 정상이었다.

한 달 가까이 아무 약도 쓰지 않은 채 몸이 스스로 회복하고 있었고, 교수님도 "헤마토곤 증가로만 보인다"라고 했다.

만약 그때 순순히 입원했더라면, 진짜 늪에 빠졌을지도 모른다.

나는 내 아이를 지켰다.

그리고 그 경험은, 나를 줏대 있고 더 단단하게 만들었다.

아이의 몸을 가장 잘 아는 사람은 엄마다.

나는 내 아이의 몸을 믿었다. 두려움 대신 믿음으로 밀

 엄마가 고친다

어붙였다.

그 결과 믿음은 우리 손을 들어줬다.

"의심이 진실을 가릴 때, 엄마의 직관은 끝까지 싸운다."

묻는 엄마,
지키는 엄마

셋째가 백혈병 투병을 하면서 가장 많이 한 검사 중 하나가 골수검사였다.

처음엔 '한 번 진단받았으면 끝난 거 아닌가?' 싶었다. 하지만 골수검사는 치료 내내, 심지어 치료가 완전히 끝날 때까지도 하는 검사였다.

골수는 쉽게 말해 뼛속에 있는 혈액공장이다.

백혈구, 적혈구, 혈소판이 이곳에서 태어난다. 백혈병은 골수 속에 비정상 세포가 가득 차면서 시작된다.

그래서 골수검사는 진단을 내릴 때만 하는 것이 아니라, 치료가 잘 진행되고 있는지, 암세포가 얼마나 사라졌는지, 혹은 다시 나타나고 있는지도 확인하는 필수 검사다.

1차 항암 때는 일주일에 한 번씩, 2차 항암부터는 한 차수의 항암이 끝날 때마다 골수검사를 받았다.

그런데 진단받기 전, 응급실에서 처음 검사했을 땐 양쪽 엉덩이에서 골수를 채취했다.

그때는 그렇게 하는 게 당연한 줄 알았다. 하지만 이후로는 늘 한쪽만 했다.

'처음이라 양쪽을 했구나' 생각했고 대수롭지 않게 넘어갔다.

그러다 치료 시기가 비슷한 다른 아이 엄마들과 얘기하던 중 우리만 다르다는 걸 알았다. 다른 아이들은 처음부터 한쪽만 했다고 했다.

'왜 우리 셋째만 양쪽을 다 했을까?'

지난 일이지만 그냥 넘길 수 없었다. 결국 치료 스케줄 담당 간호사에게 조심스럽게 물었다.

"선생님, 왜 우리 아이는 양쪽에 골수검사 자국이 있어요? 다른 아이들은 한쪽에만 있다고 하던데요."

간호사는 잠시 숨을 고른 뒤 말했다.

"어머니, ○○이는 처음 진단이 조금 복잡했었어요. 림프종인 줄 알았거든요."

그 순간 심장이 벌렁거렸다. 치료 시작하고 1년이 넘도록 내 아이와 관련된 사실을 전혀 모르고 있었다는 사실에도 화가 났다.

간호사는 이어 차분하게 설명했다.

백혈병, 특히 셋째가 걸린 급성 림프모구성 백혈병(ALL)과 림프종(일반적으로 비호지킨 림프종, NHL)은 모두 림프구라는 같은 종류의 혈액 세포에서 생긴다. 림프절이 붓고 열이 지속되며, 심한 피로감, 간·비장 비대 같은 증상은 두 질환 모두에서 나타날 수 있다.

이처럼 초기 증상이 비슷해, 혈액검사만으로는 구분이 어려울 때가 있다. 그래서 보다 정확한 판단과 진단을 위해 좌·우 골수를 모두 검사했던 것이다.

그 설명을 듣는 순간 나는 그제야 2018년 그날이 떠올랐다.

2018년 9월 4일 저녁.

식구들이 둘러앉아 밥을 먹는데 셋째의 왼쪽 귀 아래의 목 부분이 탁구공만하게 부풀어 있었다. 그런 일이 처음이라 몹시 놀랐다. 우리 몸이 심하게 피곤하거나 스트레스받았을 때, 감염 또는 염증이 생길 경우 림프절이 붓는다는 사실을 그땐 몰랐다. 그리고 발병 전부터 항암 시작 직전까지, 애매한 열이 오르지도 내리지도 않은 채 계속되었던 증상과 간과 비장이 커진 것까지도 림프종의 증상과 비슷하다는 걸 나는 너무 늦게 알았다.

병원에서도 일부러 숨기려 한 건 아니었다. 단지 환자와 보호자가 느낄 혼란이나 불안을 최소화하기 위한 배려였는데, 뒤늦게 알게 되었다는 것 하나로 기분이 그리 유쾌하지만은 않았다.

하지만 그날 이후 나는 제대로 알았다. 먼저 묻지 않으면 모를 수도 있다는 것을 말이다.

그 후 더 이상 나는 잠자코 기다리는 엄마가 아니었다.

조금이라도 의문이 생기면 꼭 물었다.

그건 그냥 궁금한 게 아니라, 내 아이를 지키는 엄마

본능이다.

그리고 나는 그 본능을 믿기로 했다.

아이의 건강은 엄마인 내가 '묻는 용기' 위에서 지켜지는 법이다.

"아이의 건강은 결국 엄마인 내가 '묻는 용기' 위에서 지켜진다."

백혈병 선고보다
더 무서웠던 것

나는 세 아이를 키우며 '폐렴'을 심각한 병으로 생각해 본 적이 없었다.

감기처럼 흔한 병쯤으로 여겼고, 우리 가족과는 무관한 이야기라고 생각했다.

하지만 셋째가 백혈병 치료 중에 '폐포자충 폐렴(Pneumocystis pneumonia, PCP)'에 걸리면서, 그 안일한 생각이 얼마나 위험했는지를 뼈저리게 깨달았다.

2019년 10월 9일.

그날을 잊을 수 없다.

격리된 1인실 밖에서 뛰어오는 발소리가 쿵쾅, 쿵쾅 점점 크게 들렸다.

눈 깜짝할 사이에 의료진들이 들이닥쳤고, 병실의 기

운은 가라앉아 있었다.

숨조차 제대로 쉴 수 없는 긴장감이 돌았다. 처음 백혈병 진단을 받았을 때도 보지 못했던 풍경이었다.

담당 교수님의 첫 질문은 그랬다.

"그동안 셉트린(Septrin)은 잘 먹였죠?"

셉트린은 (폐포자충) 폐렴을 예방해 주는 항생제였다. 예방 효과가 무려 99.9%라고 들었다.

나는 교수님 눈을 보며 고개를 끄덕였고, 그 0.1%의 예외가 우리 아이가 될 줄은 몰랐다.

의사들은 고개를 갸우뚱하며 원인을 알 수 없다고 했다.

일단 가능한 모든 폐렴을 의심하며 검사가 시작됐다.

PCR 검사, 혈액배양검사, 소변항원검사에 더해 심장효소검사와 심전도까지. 숨이 가빠지고 심장이 빠르게 뛰는 아이를 보며, 혹시 심장에도 이상이 있는 것은 아닐까, 최악의 상태를 떠올리지 않을 수 없었다. 의료진은 폐렴 외에도 심장에 무리가 갔을 가능성을 고려해, 심장효소검사와 심전도 검사를 함께 진행한 것이다.

다행히 이상은 없었다.

폐렴은 단지 폐만의 문제가 아니라는 것을 그때 처음 알았다.

   엄마가 고친다

백혈병이 아니었다면, 우린 이 병을 모르고 지나갔을 것이다.

폐포자충은 누구에게나 있을 수 있는 균이어서, 건강한 사람에게는 별다른 문제가 되지 않는다. 그러나 면역력이 약한 백혈병 아이에겐 치명적인 폐렴을 일으킬 수도 있는 무서운 균이었다.

9월 23일에 집중항암이 끝나고 9월 26일부터 유지 항암이 시작되었다.

하지만 집중항암이 끝나기 약 한 달 전부터 아이의 컨디션은 그리 좋지 않았다.

8월 26일, 2차·4차 항암 때처럼 싸이톡산과 아라씨(Ara-C)가 투여되었고, 뇌척수액 검사와 함께 척수강 내 항암제도 들어갔다.

싸이톡산은 암세포의 DNA를 직접 파괴하고, 아라씨는 세포 복제를 방해해 스스로 죽게 만든다. 두 약물 모두 소아 급성 백혈병 치료에서 핵심적인 역할을 하는 고강도 항암제였다. 그러나 그런 만큼 부작용도 심각했다.

싸이톡산은 출혈성 방광염을, 아라씨는 열을 잘 나게 하고, 골수억제로 감염에 매우 취약한 상태로 만든다.

병원에 아침 7시에 도착해 저녁 7시까지 꼬박 12시간을 있었다.

그 긴 시간 동안 항암주사실에서, 아이는 '원자폭탄'을 맞은 듯한 독한 항암을 견뎌냈다. 그리고 나서부터 열이 오르기 시작했다.

한동안 혈액 수치는 오르락내리락 불안정했고, 무너진 면역은 제자리를 찾지 못했다. 콧물과 기침이 심해져 X-ray를 찍었더니 폐에 가래가 보였다.

항암이 중단되었고, 감기약과 항생제만 먹였다. 혈색소 수치도 떨어져 적혈구 수혈도 받았다.

생각해 보면, 폐포자충이 아이 몸에 감염을 일으킬 '틈'을 노렸던 순간이 그때가 아니었나 싶다. 간수치와 염증 수치가 들쭉날쭉했고, 백혈구·혈소판·혈색소도 마찬가지였다.

그러나 이 병이 정말 무서운 건, 증상이 아주 조용히, 미세하게 찾아와 조기 발견이 어렵다는 것이다.

싸이톡산과 아라씨 이후 수치는 불안정했어도 그런대로 잘 견디고 있다고 생각했다.

아이들을 공포에 떨게 하고 항암주사실을 온통 비명으

 엄마가 고친다

로 채웠던 근육주사도 셋째는 큰 부작용 없이 다 맞은 후 집중항암이 끝났기 때문에 이제 웬만한 고비는 다 넘겼다고 생각했다.

그러나 그건 어디까지나 내 생각이었다.

10월 3일, 아침에 일어났을 때, 체온이 39도까지 올라가 있었다.

그런데 해열제를 먹이고 나서 곧 정상 체온으로 돌아와 안심했는데, 10월 5일부터 다시 열이 나기 시작했다.

기침은 자주 하지는 않았지만, 한번 시작하면 멈추지 않고 계속했다. 숨을 쉴 때 쌕쌕거리는 소리도 났고, 조금만 걸어도 맥없이 주저앉으려 했다.

숨을 애써 크게 들이마시려는 모습이 평소와 많이 달라 이상했다.

10월 8일.

진료 도중 교수님께 말씀드렸다.

"아이가 숨 쉬는 게 아무래도 이상해요. 그렁그렁 거리는 것도 심하고, 무엇보다 호흡을 너무 과하게 해요."

교수님은 청진기를 대보시더니 "이상 없는데…"라고 말

씀하셨다.

X-ray도 찍고 싶었는데 "필요 없을 것 같다."라는 말씀에 우리는 그냥 집으로 왔다.

하지만 마음 한구석이 계속 찜찜했다. 혹시 몰라 입원 예약은 미리 해놓은 상태였다.

그날 저녁, 병원에서 입원 가능하다고 연락이 왔다.

10월 9일, 아침을 먹여 곧장 병원으로 데리고 갔다.

입원하자마자 상황은 급변했다.

염증 수치는 빠르게 상승했고, 산소포화도는 급격히 떨어졌다.

심박수는 치솟았고 즉시 산소 호흡기를 착용했다.

의료진은 "앞으로 24시간이 고비"라며, 살 확률이 아니라 사망 확률부터 얘기했다.

그때가 제일 무서웠다. 우리에게 백혈병보다 더 심각한 병이 닥쳤다는 것을 그제야 알았다.

암담했다.

숨 쉬는 것조차 버거워하는 아이 앞에서, 안절부절못했다. 빨리 정신을 차렸다.

난 엄마고 보호자다. 내가 무너지지 않아야 아이가 살

 엄마가 고친다

기에 정신을 가다듬었다.

정확한 진단을 위한 CT 촬영이 이루어졌고, 그다음으로 기관지 내시경이 고려되었다.

'기관지폐포세척액 검사(BAL, Bronchoalveolar Lavage)'라고 해서 가장 정확한 진단을 위해 필요한 표준검사였다. 그러나 네 살 아이에게는 무리였다.

기관지 내시경으로 폐 깊숙이 생리식염수를 넣고 빨아내는 고난도의 검사로, 폐포자충을 직접 확인할 수 있는 게 장점이지만 네 살 아이에겐 어려웠다. 그래서 소아감염과 교수님은 '유도 객담 검사'를 제안하셨다.

생리식염수를 네불라이저로 들이마시게 해 가래를 유도하는 방식이었다.

셋째는 다행히 그 기기를 장난감처럼 여기며 잘 견뎠다. 그렇게 진단이 내려졌고 치료가 시작됐다.

의료진들이 수시로 드나들었고 그 와중에도 난 글리코영양소를 몰래 계속 먹였다.

늘 해오던 대로, 아이의 면역을 돕기 위해, 치료와 병행하며 엄마로서 할 수 있는 최선을 다했다.

무엇이 아이를 살렸는지, 사실 지금도 잘 모른다.

하지만 재발을 뒤집었을 때처럼, 나는 모든 가능성에 기대고 싶었다.

의학적으로 단정할 수는 없지만, 그 선택이 아이와 나를 지탱해 준 한 축이었다고 지금도 믿는다.

10월 12일 새벽.

며칠째 오르락내리락하던 열이 비로소 잦아들기 시작했다.

염증 수치도 조금씩 안정되어 갔다.

그날 밤, 아이는 원래대로 편안하게 숨을 쉬었다.

셋째의 몸이 드디어 '회복'이라는 신호를 보내고 있었다.

10월 16일.

조금만 걸어도 힘들어하고 숨을 헐떡이던 아이가 일주일 만에 맨 숨으로 숨을 쉬었다.

코 산소호흡기도 완전히 뺐고, 하루가 다르게 쌩쌩해졌다. 의료진도 놀랄 정도로 빠르게 회복하고 있었다.

폐포자충 폐렴은 치료를 시작해도 완전히 회복되기까지 시간이 오래 걸린다고 들었는데, 셋째는 믿기 어려울

 엄마가 고친다

만큼 빨리 회복했다.

10월 20일.

그렇게 해서 우리는 입원 12일 만에 퇴원했다.

그때의 경험으로 나는 아픈 아이의 엄마로서 느끼는 게 많았다.

첫째, 폐포자충 폐렴은 초기 증상이 매우 미묘해서 조기 발견이 어렵다.

둘째, 기침, 숨 가쁨, 피로, 안색 변화 같은 작은 신호도 민감하게 관찰해야 한다.

셋째, 항암 중이라면 주기적인 예방약 복용 여부를 매주 반드시 확인해야 한다.

그리고 무엇보다 "아이가 평소와 달라요." 이 한마디는 아이를 살릴 수도 있음을 명심하고 조금이라도 찜찜한 게 있다면 의료진에게 바로바로 알려야 한다.

그 어떤 의학적 판다보다 아이를 가장 잘 아는 사람은 주 양육자인 '엄마'다.

엄마의 촉은 다르다. 나는 그 직감을 믿었고, 그 느낌이 아이를 살렸다.

이 글이 누군가에게는 경고가, 또는 도움이 되면 좋겠다.

누군가는 '몰랐기에' 겪은 것들을, 또 누군가는 '알기에' 피할 수 있기를 바란다.

"엄마의 직감은 청진기보다 먼저 울리는 알람이다."

사랑은 때로 증명되지 않아도
충분히 진실하다

2025년 10월, 조창인 작가의 『가시고기』를 다시 읽었다.

막바지에 이르러 눈물이 또 하염없이 흘렀다.

읽을 때마다 마음을 헤집어 놓는 소설이다.

끝까지 아이의 치료비를 마련하려 아빠는 각막까지 팔았다.

간암으로 옆구리를 칼로 도려내는 듯한 통증에도, 오직 아이의 골수이식이 성공하기만을 바라며 곁을 지켰다.

죽는 순간까지도 아이만을 생각했고, 애달프게 그리워하다 쓸쓸히 떠났다.

'이런 아빠가 실제로도 있을까?' 싶을 정도로, 아버지의 사랑은 목숨보다 끈끈했다.

내 아이도 소설 속 다움이와 같은 급성 림프모구성 백

혈병이었다.

재발 소동은 있었지만 다행히 잘 넘어갔고, 감사하게도 우리는 항암으로만 치료가 끝났다.

그렇지만 진단부터 치료 종결까지, 천국과 지옥을 수없이 오가던 시간이 떠오르며, 다움이 아빠의 심정에 누구보다 공감이 갔다.

그 소설은 더 이상 문학작품이 아니었다.

내 이야기였고, 내 눈물이었고, 내 절규였다. 그래서 읽을 때마다 그렇게 울었던 것 같다.

엄마도 아닌 아빠가 어쩜 저렇게 헌신적일까 싶다가도, 부모라면 마땅히 그래야 한다는 믿음이 내 가슴 밑바닥에도 있었다.

그래서 나도 내 마음을 다잡았다.

하늘이 두 쪽 나도 내 새끼는 내가 살린다.

2019년 1월이었다.

병원에서 하지 말라는 건 아무것도 하지 않겠다던 내가, 아이의 부작용을 지켜보며 정신이 번쩍 들었다. 그렇게 글리코영양소를 작정하고 먹이기로 했다.

 엄마가 고친다

2019년 1월 18일부터 항암치료가 끝난 2022년 1월까지, 나는 항암 다이어리에 날짜를 적고 매일 체크하며 먹였다.

속이 울렁거리거나 구토가 심한 날만 빼고 빠짐없이 먹였다.

누군가는 "간 수치 올라가 금방 들킨다."라고 했고, 또 누군가는 "그런 이상한 거 먹이지 마라."라고 했다.

하지만 거의 매일 병원에 다니며 채혈 수치를 확인하던 때였다.

수치 문제도, 약물 상호작용도 없었다.

책을 믿고 글리코영양소에 관한 것들이라면 닥치는 대로 읽었다.

어려운 이론과 의학 용어 대신 사례 위주로 보았고, 암 전이 예방, 항암 부작용 최소화, 약물 효능 증가에 도움이 될 수 있다는 말에 마음이 자꾸 기울었다.

의심하기 시작하면 끝이 없다. 그래서 나는 단순하게 믿기로 했다.

아이를 살려야겠다는 확고한 마음만이 나를 움직였다.

글리코영양소 사업자를 처음 만난 것은 2018년 11월 말쯤이었다.

시이모님 소개였는데, 그분은 아픈 아이 앞에서도 회사의 특허와 기술만 거듭 얘기했다.

전혀 솔깃하지 않았다. 나는 그런 말이 궁금한 게 아니었다.

그래서 그 만남 이후 더 많은 자료를 찾아보게 되었다.

처음엔 그저 그런 건강기능식품이라 생각했다.

그런데 신기하게도, 모두가 같은 걸 먹는데, 각자 가진 병이 나았다는 사례들이 많았다.

약은 병마다 다르고 나이마다 용량이 다른데, 글리코영양소는 아니었다.

그때 "세포를 살리는 데 꼭 필요한 성분"이라고 했던 시이모님의 말씀이 떠올랐다.

암 병력이 있는 사람은 알고 있듯이, 치료가 끝나도 재발·전이·항암 부작용 같은 불안은 쉽게 사라지지 않는다.

그러니 재발 및 전이 예방, 부작용 완화, 약물 효능을 높여준다는 말이 나에게는 붙잡을 수밖에 없는 희망이었다.

아이에게 먹일 수 있는 것이 있다는 사실만으로도 그저 감사했다.

요즘 세상은 의심이 많다.

진짜여도 진짜인지 모르고, 가짜여도 진짜라고 착각하기 쉽다.

게다가 다수가 믿으면 그것이 진실이 되어버린다.

그런 세상에서 이름조차 낯선 글리코영양소를 언급한다는 건, 사람들에게 '비정상적인 사람'으로 보일 수도 있다.

그러나 그건 중요하지 않았다.

내 아이의 목숨이 달린 문제 앞에서 남의 시선이 뭐 그리 대수랴. 이렇게 생각할 만큼 이미 난 단단해져 있었다.

비록 남편 외벌이로 빠듯하게 살았지만, 글리코영양소만큼은 어떻게든 먹였다.

그렇다고 빠른 효과나 기적을 바란 건 아니었다.

그저 꾸준히 먹이며 느껴지는 작은 변화에 마음이 놓일 때가 많아졌다.

장담할 수는 없지만, 어딘가 모르게 좋아지는 모습이

분명 보였다.

셋째는 여느 암 환자와 달리 컨디션이 좀처럼 무너지지 않았다.

병원 대기실에서도 늘 힘이 넘쳐 가만히 있질 않았다.

양팔로 의자 팔걸이를 철봉처럼 잡고 몸을 들어 올리며 놀던 아이.

항암 부작용으로 머리카락이 없었을 때도 생기 넘치는 모습으로 '살아 있음'을 온몸으로 보여주던 아이.

2019년 5월 12일.

부처님 오신 날을 맞아 절에 갔을 때, 사람들은 셋째를 보고 동자승 같다며 귀여워했다. 그리고 아파트 엘리베이터에서 만난 한 어르신은 시원하게 잘 밀었다며 "두상이 참 예쁘다."고 칭찬해 주셨다.

내가 먼저 말하지 않으면, 사람들은 셋째가 아픈 아이인 줄 잘 몰랐다.

그렇게 되기까지 글리코영양소는 분명 한몫을 했다고 생각한다.

   엄마가 고친다

하루의 시작과 끝을 글리코영양소로 채웠다.

사업자의 말처럼 극적인 효과는 없었지만 멈추지 않았다.

일단 시작했으니, 끝까지 가보자는 마음이었다.

그 꾸준함이 결국 치료 종결까지 이어졌다고 나는 믿는다.

글리코영양소가 세포 외부의 당단백질 구성에 관여해 세포 간 신호 전달을 돕는다는 주장이 있다.

하지만 실제 몸에서 그 보충 효과가 얼마나 발휘되는지는 아직 명확하지 않다고 한다.

장내 미생물군이나 면역세포 활동에 영향을 줄 가능성도 거론되지만, 여전히 과학적 근거는 제한적이다. 사람들이 회의적인 건 당연하다.

그렇지만 나에게 중요한 건, 일반적으로 알려진 효능만이 전부가 아니었다.

얼마나 절박했고, 얼마나 믿었는지 그 마음이 더 컸다.

완벽한 근거는 없어도, 희망이 있었기에 1,000일 넘게 먹였다.

"그게 그렇게 좋다면 왜 병원에서는 처방 안 해줘요?"

"그거 다단계죠?"

"세상에 그런 만병통치약이 어디 있어요?"

여러 질문 앞에서 이제 나는 굳이 입 아프게 설명하지 않는다.

어차피 그들은 내 절실함을 모른다.

그리고 나는 사업자도 판매원도 아니다.

다만, 낫고자 하는 의지가 있는 사람이 겸손히 묻는다면 내가 경험한 것을 기꺼이 나눌 수는 있다.

병이 낫는 데는 의지와 태도가 중요하기 때문이다.

치료는 의사가, 치유는 내가 하는 것이다.

믿음이란, 과학의 증명보다 앞서 존재하는 감정이다.

누군가에겐 그저 건강기능식품 한 통일지 몰라도, 아픈 아이를 둔 부모에게는 그것이 '살아 있으라.' 하는 기도가 되기도 한다.

그 믿음이 나를 버티게 했고, 아이의 몸과 내 마음을 함께 지탱해 주었다.

『가시고기』 속 아빠가 아들을 위해 모든 것을 내어주었듯, 나 역시 그런 마음으로 내 믿음을 아이에게 전했다. 말로, 눈빛으로, 행동으로.

글리코영양소에 기대어 날마다 꾸역꾸역 먹였던 그 시

간은 결국 내게 '사랑'의 다른 이름이었다.

겪어보니 알겠다.

누군가의 절실한 선택은 겉으로 보이는 모습만으로 쉽게 판단할 수 없음을 말이다.

그 선택 뒤에는 언제나 사랑의 이유가 있다.

먹이는 내내 믿음과 오해 사이에서 때때로 흔들렸지만, 그 모든 시간은 나를 더 단단한 엄마로 만들었다.

『가시고기』속 아빠의 말이 또 생각난다.

"아이를 세상에 남겨놓은 이상은, 죽어도 아주 죽는 게 아니래."

그 말이 내 안에도 살아 있다. 부모의 사랑은 그래서 영원한가 보다.

"사랑은 누구에게 보이기 전에, 이미 누군가의 생명을 붙들고 있다."

2부
다시 바라보다

첫째의 아토피, 질문이 시작된 시간

피부만 바라봤을 때,
몸은 늘 제자리였다

첫째가 백일 무렵, 침을 흘리기 시작하면서 양 볼이 불에 덴 듯 벌겋게 달아올랐다.

처음에는 그냥 살이 오르는 과정이라 여겼지만, 날이 갈수록 짙어져 마치 불에 덴 듯했다.

걱정하는 나에게 주변 사람들은 흔한 침독이라며 대수롭지 않게 말했다. 아기들이 침을 많이 흘리는 시기에 흔히 나타나고, 시간이 지나면서 자연스럽게 사라진다는 것이었다. 동네 피부과 의사도 "보습만 잘해주면 된다"라고 했다. 그래서 나는 지켜보기로 했다.

다행히 돌이 지나자, 아이의 볼은 언제 그랬냐는 듯 말끔해졌다. 벌건 자국이 온데간데없이 사라지자, 그제야 안심이 되었다.

'피부는 원래 그렇구나. 아기라서 민감했을 뿐이구나. 이제 걱정할 일 없겠구나.' 그렇게 믿었다.

그러나 그 안도감은 오래가지 않았다. 이번에는 왼쪽 발목에 50원짜리 동전만 한 습진이 생겼다. 아이는 볼에 생겼던 침독과 달리, 가려운지 자꾸 긁으려 했다. 나는 작고 여린 손톱이 지나간 자리에 붉은 자국이 남을 때마다 신경이 쓰였다.

동네 피부과에 갔더니 비슷한 증상의 사진을 보여주며 보습제에 섞어 바를 연고를 처방해 주었다. 그날 밤, 목욕을 시키고 연고를 발라주었는데, 다음 날 아침 놀라운 일이 벌어졌다. 습진이 원래 없었던 듯 감쪽같이 사라진 것이다. 나는 몇 번이고 아이의 발목을 들여다보았다. 기적처럼 나은 줄 알았다. 하지만 며칠 지나지 않아 다시 올라온 붉은 자국을 보는 순간, 마음이 와르르 무너졌다.

바르면 가라앉고, 멈추면 또다시 올라왔다. 그때는 몰랐다. 그 연고가 스테로이드 성분이라는 것을.

나는 살아오면서 피부 트러블과 거리가 먼 삶을 살았다. 친정 식구들도 아토피, 알레르기, 비염을 겪은 사람이 없었다. 그래서 스테로이드에 대해서도 전혀 알지 못했다. 처음에는 그저 '효과 빠른 묘약' 정도로만 여겼다.

하지만 그것은 증상을 잠시 눌러줄 뿐, 일정 시간이 지나면 언제 그랬냐는 듯 다시 제자리로 돌아온다는 것을 곧 깨달았다. 첫째의 발목에 생긴 작은 습진은 그렇게 6년 동안 아이를 괴롭혔다.

나는 첫째의 피부를 낫게 하겠다는 마음 하나로, 동네 피부과에 이어 아토피 전문 진료로 유명한 천안의 소아청소년과도 찾아갔다. 첫 진료에서 아이는 혈액 검사와 알레르기 검사를 받았다. 50여 가지 항목을 확인했지만 모두 정상이었다. 의사는 비타민 D 수치도 상위 1%라며 놀라워했다. 많은 아토피 환자가 비타민 D가 부족하다고 하는데, 첫째는 오히려 넘치고도 남았다.

피부는 끊임없이 신호를 보내는데, 의학적 검사에서는 아무것도 나타나지 않았으니 답답할 노릇이었다.

생각해 보면, 어쩌면 당연한 결과였다. 첫째를 키울 때, 나는 거의 매일 논과 들이 있는 시골길을 걸었다. 남편이 출근한 뒤 아침 공기를 마시며, 첫째를 유모차에 태우거

 엄마가 고친다

나 아기띠를 해서 우리는 동네를 산책했다. 바람에 머리카락이 흩날리며 논 들녘을 걸었고, 눈과 비, 햇살을 가리지 않고 자연을 느꼈다. 이렇게 첫째는 맑은 공기를 마시며 자연 속에서 건강하게 지냈다. 그러니 검사 수치가 모두 정상이었던 것은 어쩌면 당연했는지도 모른다.

그런데도 피부는 계속 이상했다.

피부가 낫기만 한다면 뭐든 했다. 그래서 병원 치료 외에도 정말 안 해본 게 없다. 식물성 오일, 보습 로션, 크림을 수시로 발라주는 것은 기본 중 기본이었다. 동네 할머니께서 말려 주신 쑥을 달여 그 물로 피부를 닦아주기도 했고, 친정 오빠가 피부에 좋다며 알려준 온천에도 몇 해 동안 다니며 목욕했다. 실내복을 황토 옷으로 바꾸고, 첫째 옷은 천연 세제로만 빨았다.

산후조리원에서 알게 된 아로마테라피스트한테 에센셜 오일이 들어간 천연 비누와 어성초 스프레이를 구매해 6년 내내 사용했다. 좋다는 건 거의 다 해봤지만, 첫째의 피부는 여전히 붉었고, 아이는 계속 가려워했다.

그렇게 나는 오랫동안 눈에 보이는 겉 피부에만 매달려

왼쪽 발목의 작은 습진을 없애는 데만 집착했다. 하지만 피부는 단순히 겉을 덮는 막이 아니었다. 그것은 몸속에서 일어나는 일을 가장 정직하게 비춰주는 창과 같았다.

진짜 원인은 피부에 있지 않았다. 면역 체계의 균형, 감정의 흐름, 장과 호르몬 등에 원인이 있었다. 피부를 아무리 깨끗하게 닦고 보습해도, 몸 전체의 균형이 무너지면 피부는 드러낼 수밖에 없다. 그러니 피부가 보내는 신호를 가볍게 보지 말아야 한다.

"겉이 아니라 속을 봐라. 일시적인 억제가 아니라 근본적인 치료를 해라."

첫째의 피부는 나에게도 끊임없이 이렇게 말했는데, 정작 내가 그 신호를 눈치채지 못했다.

피부에만 집중하느라 몸 전체가 보내는 메시지를 읽지 못했다. 겉에만 매달려 세월을 보내는 동안, 몸은 늘 제자리에서, 끊임없이 같은 신호를 반복해 보내며 나를 기다리고 있었다.

 엄마가 고친다

"피부가 보내는 신호를 외면하지 마라. 그 속에 답이 있다."

엄마의 치유:
몸은 이미 알고 있다

2020년, 코로나로 세상이 멈췄던 그해. 우리 가족에게도 큰 변화가 있었다.

그해 봄부터 가을까지, 나는 첫째의 아토피 치유 과정을 처음부터 끝까지 지켜보았다. 갈라지고 피가 나고 진물이 흐르던 피부가 서서히 원래대로 돌아오는 모습을 보며, 나는 인체의 신비에 감탄했다.

그 과정은 내게 치유의 원리와 관점을 완전히 바꾸는 결정적 계기가 되었다.

몸이 스스로 낫는 힘을 믿고, 기다리는 시간. 그 단순하지만 위대한 원칙이 결국 '진짜 치유'로 이어졌다.

"이 세상에 고치지 못할 병은 없다. 고치지 못한다는

     엄마가 고친다

생각과 습관이 있을 뿐이다."

2020년 5월 27일.

첫째는 그때가 되어서야 초등학교에 입학했다. 그러나 코로나로 미뤄진 입학이 우리에겐 기회였다. 그전까지 셋째의 백혈병 치료로 우리 가족은 떨어져 지내고 있었다. 나와 셋째는 오빠네 집에서, 남편은 첫째와 둘째를 돌보며 시골집에서 있었다.

1년 5개월을 떨어져 사는 동안, 나는 '상대적으로 덜 급한' 첫째의 아토피에 신경을 잘 쓰지 못했다.

그러다 유치원 겨울방학을 맞아 첫째와 둘째가 외삼촌 댁으로 놀러 오면서 일이 벌어졌다. 두 아이의 몸통에 좁쌀 같은 오돌토돌한 게 올라와 있었다. 둘 다 똑같이 그래서 더욱 심란했다. 곧장 가까운 피부과로 달려갔는데, 의사의 대답은 내 분노만 부채질했다.

"이런 환자 하루에 백 명도 더 와요. 연고 처방해 드릴 테니 잘 발라주세요."

‘백 명이 왔다 가면 뭐하나, 고치지도 못하고 낫지도 않는데.’

치료가 아니라 처방만 남발하는 의료 시스템에 지쳤다. 6년 동안 똑같은 행동만 반복했을 뿐이었다. 약국에서 받아 든 약봉지도 역시나였다. 단계별 스테로이드, 감염용, 상처용…. 그날 밤, 나는 그 약봉지를 통째로 쓰레기통에 쑤셔 박았다. 그리고 다짐했다. 이제는 내 손으로 고쳐보겠다고.

3월, 셋째의 외래진료 간격이 2주로 벌어지면서 우리는 드디어 시골 우리집으로 내려왔다.

나는 이번에야말로 첫째의 아토피를 뿌리 뽑겠다는 심정으로 치료를 시작했다. 우선 셋째에게 먹이고 있던 글리코영양소를 첫째에게도 먹였다. 그리고 그동안 병원에서 준 스테로이드를 모두 끊자, 예상대로 리바운드 현상이 거세게 몰아쳤다. 왼쪽 발목에서 시작된 50원짜리 동전 크기였던 습진은 온몸을 뒤덮었다.

목과 어깨, 팔과 다리, 배와 등까지 띠처럼 번져나갔다. 마치 몸속 깊은 곳에 숨어 있던 독이, 한순간에 폭발하듯 피부를 뚫고 솟구쳐 나온 것 같았다.

　　　　엄마가 고친다

밤마다 첫째는 미친 듯이 긁어댔다. 진물이 흐르고 피가 나도 긁었다. 나는 그럴 때마다 아이 손을 꼭 잡고 대신 '톡톡톡' 두드려주며 밤을 새웠다.

그게 엄마로서 할 수 있는 치료의 전부였지만 그 방법이 옳았다.

2020년 3월부터 9월까지, 꼬박 6개월 걸려 치료했는데 매일 밤은 그야말로 전쟁이었다.

자고 일어나면 이불엔 각질이 떨어져 있었고, 진물과 피가 묻어있었다.

나는 아침마다 이불을 빠는 것으로 하루를 시작했다. 낮에 햇볕에 소독해 보송보송해진 요는 일회성으로 그쳤다.

고된 날들이었지만, 그것은 희생이 아니라 선택이었다.

참된 회복은, 몸이 가진 고유한 힘을 믿는 데서 시작한다.

시부모님은 "애 그만 잡고 얼른 병원에 데리고 가라."라며 수시로 말씀하셨다. 하지만 그때만큼은, 누구도 내 결심을 꺾을 수 없었다.

수많은 연고와 보습 크림, 민간요법이 결국 근본 치료를 늦추기만 했다. 더는 '카더라 통신'에 휘둘리지 않기로 작심했다.

많은 건강 서적이 말하던 단 하나의 진실 — "몸은 스스로 병을 이겨낼 힘이 있다."

나는 그 믿음 하나로 버텼다.

내가 따른 치유의 원칙은 명확했다. 우선, 보습을 중단했다. 피부가 갈라지고 피가 나도 그냥 두었다. 치료 또는 회복 중에 하는 보습은 오히려 방해된다는 걸 깨달았다. 보습은 일시적일 뿐, 근본 치유를 방해한다는 걸 그제야 알았다.

스테로이드는 병을 안으로 숨긴다. 반면, 진짜 치유는 몸속의 독소를 밖으로 밀어낸다.

그래서 치료 중엔 더 악화되는 것처럼 보인다.

나는 첫째의 몸을 믿고 글리코영양소를 꾸준히 먹였다. 식단도 철저히 관리했다. 특정 음식이 유발하는 알레르기 반응을 일일이 기록하며, 칼국수 하나, 아이스크림 하나에도 몸이 반응하는 걸 꼼꼼히 살폈다. 음식이 곧 약이자 독이라는 걸 그때 실감했다.

그러던 어느 날, 절대로 끝날 것 같지 않았던 피부에 진물이 멎고 딱지가 앉기 시작했다.

가장 반가운 변화는 2020년 9월 초 어느 아침이었다.

첫째가 자고 일어났는데 왼쪽 팔뚝 위에 가다랑어포처럼 각질이 나풀거리며 일어나 있었다.

낫고 있다는 확실한 증거였다.

첫째의 몸은 내가 믿고 걸어온 치유의 길이 결코 헛되지 않았다는 것을 증명해 주었다.

너무 기뻐 아이와 나는 꼭 껴안은 채 빙글빙글 돌았다. 울먹거리며, 그저 벅찬 기쁨 속에 몸을 던졌다. 치유는 몸의 일이라는 것을 그때 깨달았다. 나는 그저 기다린 것뿐이었다.

몸은 늘 치유의 손길을 내밀었는데 그 손길을 뿌리친 건 나였다.

그저 병원 치료가 답인 줄 알고 의사에게만 치료를 맡겼다.

진짜 치유는 증상이 사라지는 것이 아니라, 몸의 질서가 균형을 이뤄 자리를 잡는 것이다.

병을 제거할 적으로만 보면, 회복은 그만큼 한 발짝씩

뒤로 물러난다.

중요한 건 몸이 보내는 신호다. 그 신호를 외면하지 않고 귀 기울일 때, 비로소 치유는 시작된다.

첫째가 완전히 낫게 되면서 비로소 깨달은 진리다.

몸은 어떻게 낫는지 이미 알고 있다. 내가 해야 할 일은 그저, 믿고 기다려주는 것이다.

"환자가 주체가 되어 중심에 서지 않으면 그 어떤 병도 고칠 수 없다. 의사들은 그저 관리만 해줄 뿐이다."
—『환자혁명』조한경 의사

아이의 피부는 지금도 말한다. 우리 몸에는 이미 모든 답이 들어 있다는 것을.

그리고 아이를 고친 건, 내가 아니라 아이의 몸이었다는 것 또한 너무 잘 알고 있다.

"피부가 보내는 신호를 외면하지 마라. 그 속에 답이 있다."

가려움,
그 참을 수 없음에 대하여

2020년 4월 15일 새벽 3시 20분.

여덟 살 첫째가 "엄마, 긁어도 긁어도 계속 가려워요." 라며 엉엉 울고 있었다. 잠을 자면서도 아이의 손톱은 쉴 새 없이 피부를 파고들었다. 나는 그 가느다란 손목을 붙잡은 채, 가려운 부위를 톡톡톡 두드리며 밤을 새웠다.

2020년 3월부터 9월까지, 그런 날들이 매일 이어졌다.

어른도 견디기 힘든 고통을 어린아이가 어떻게 지나왔을까. 그때를 떠올리면 지금도 몸서리가 쳐진다.

어느덧 첫째가 아토피에서 벗어난 지 5년이 지났다.

한창 치료 중이던 때 읽었던, 방성혜 한의사의 책 『용포 속의 비밀, 미치도록 가렵도다』를 다시 꺼내 들었다.

겉표지를 펼치자마자, 잊고 있었던 메모가 눈에 들어왔다.

"아토피 이 죽일 놈. 두고 봐! 내가 이길 테니."

짧은 문장이었지만, 그 안에는 모든 것이 담겨 있었다.
그때 내 마음이 얼마나 절박했는지, 가려움이 얼마나 처절했는지를 그대로 보여주고 있었다.

조선의 임금 영조도 이렇게 말했다.
"가려운 것이 아픈 것보다 더 참기 어렵다."
"가려울 때는 마치 미치광이처럼 된다."

그 구절을 읽는 순간, 그동안 속에 있던 내 마음을 대신 말해주는 것 같았다.
수백 년 전의 임금조차도 가려움의 고통을 이렇게 표현했다니, 더는 설명이 필요 없었다. 영조의 목소리가 시간과 공간을 넘어와, 마치 첫째의 고통을 대변해 주는 듯했다.

    엄마가 고친다

그 말은 내 마음 깊숙이 스며들어, 온몸을 울렸다.

2017년, 원인 모르게 두피가 가려워 한 달 가까이 괴로웠던 적이 있었다.

한 번 긁기 시작하면 멈출 수 없었고, 긁으면 잠깐 나아지는 듯했지만 곧 다시 간지러워 벅벅 긁어댔다. 아토피와는 비교할 수 없지만, 그때의 경험 덕에 아이의 고통을 조금이나마 짐작할 수 있었다.

가려움은 불편함을 넘어, 사람을 미치게 만든다.

계속 긁다 보면, 살은 붉게 달아오르고 열이 난다. 피부밑에서 불꽃이 타오르는 듯한 고통이 뒤따른다. 상처에서 진물이 흐르고, 피가 나도 긁는 것을 멈출 수 없다.

긁으면 잠시 가라앉는 듯하지만, 곧 불길은 더 크게 번져 온몸을 집어삼킨다.

그렇다면 왜 이렇게 미치도록 가려운 걸까?

그 원인에는 '히스타민(histamine)'이라는 물질이 있다.

꽃가루나 특정 음식처럼 알레르기를 일으키는 물질이 들어오면, 몸속 면역세포는 적을 막아내듯 비만세포

(Mast cell)에서 히스타민을 쏟아낸다.

이 물질은 피부 신경 수용체에 달라붙어 '가렵다'라는 신호를 뇌로 보낸다.

본래는 몸을 지키려는 방어 작용이지만, 지나치게 분비되면 상황은 달라진다. 피부는 금세 붉게 달아오르고, 긁으면 긁을수록 더 가렵고, 결국 상처투성이가 된다.

문제는 거기서 멈추지 않는다는 것이다.

긁힌 피부는 염증을 불러오고, 염증은 또 다른 히스타민을 끌어내어 '가려움-긁음-손상-재발'의 악순환을 이어간다.

끝없는 반복 속에서 결국 첫째는 매일 밤 몸을 미친 듯이 긁어댈 수밖에 없었다.

그래서 아토피를 겪는 이들이 "가려워 미치겠다."라고 말하는 것은 피부 문제만 뜻하는 게 아니라, 몸과 마음이 함께 지르는 비명이라고 할 수 있다.

6개월 동안 첫째의 아토피 치유 과정을 지켜보면서, 나는 단지 밤마다 아이의 손목을 붙잡고 못 긁게 하는 엄마가 아니었다.

함께 아토피를 앓는 또 하나의 환자라는 생각이 들었다.

  엄마가 고친다

가려움은 아이의 몸을 찢었고, 내 마음도 갈기갈기 찢었다.

그러나 역설적으로, 그 고통 속에서 우리는 더 단단해질 수 있었다.

긁지 못하게 막던 손은 억제의 손이 아니었다.

함께 버티는 손, 사랑으로 싸우는 손이었다.

불교에서는 집착을 '갈애(渴愛)'라고 부른다.

채워도 채워지지 않는 목마름처럼, 가려움 또한 긁어도 긁어도 가라앉지 않는다는 점이 닮았다.

그러나 목마름을 넘어서는 길이 있듯, 가려움도 결국 시간과 사랑 속에서 조금씩 잦아들었다. 끝이 없을 것 같던 악순환에도, 멈춤의 순간이 드디어 찾아왔다.

그 과정을 함께 버텨낸 첫째와 나는, 이전보다 강해졌다.

아토피는 아무리 심해져도, 결코 아토피 때문에 죽지는 않는다.

그러나 사람을 미치게 만든다.

동시에, 그 미칠 듯한 가려움 속에서도 버티고 이겨낼 힘을 길러 준다.

우리는 그 고통을 통해 서로를 붙잡는 법, 사랑으로 치유하는 법을 배웠다.

그래서 나는 지금도 다짐한다.

"가려움, 네가 아무리 우리를 짓밟으려 해도, 결국 이기는 건 사랑이다.

"미칠 듯한 가려움 속에서도, 사랑이 결국 이긴다."

엄마가 고친다

채우는
치유

어느 날, 인터넷에서 우연히 본 짧은 실험 영상 하나가 오래도록 생각이 난다.

투명한 컵에 맑은 물이 담겨 있었다.

그 안에 흙을 한 줌 집어넣자, 순식간에 물은 탁해졌다.

실험맨이 다음과 같이 말하며 숟가락으로 컵 안의 물을 퍼내기 시작했다.

"이 컵이 제 인생이라고 해봅시다.

살다 보면 마음이 이렇게 탁해질 때가 있어요.

힘들고, 지치고, 더러워지고….

그래서 사람들은 이 탁함을 없애려고 하죠.

계속 퍼내고, 퍼내고, 또 퍼내고…"

하지만 아무리 퍼내도 컵 속의 물은 좀처럼 맑아지지

않았다.

그러자 그 사람은 깨끗한 물병을 들고 와 컵에 조용히 그 물을 붓기 시작했다.

맑은 물이 계속 들어오자, 탁한 물이 넘쳐흘렀고, 어느새 컵 안은 다시 투명해졌다.

그때 실험맨이 말했다.

"답은 이거예요.

더러운 걸 없애려 애쓰기보다, 좋은 걸 계속해서 채우는 것.

그러면 언젠가, 내 안도 맑아지게 되어 있어요."

그 장면이, 첫째의 아토피 치료 과정을 떠올리게 했다.

처음에는 단지 왼쪽 발목에 50원짜리 동전 크기만큼의 습진이었다.

병원에서 준 약을 바르면 금세 가라앉았고, 약을 끊으면 다시 올라왔다.

그걸 무려 6년이나 반복했다.

그러던 어느 날, 다른 피부과에서 들은 한마디에 분노가 치밀었다.

 엄마가 고친다

"이런 환자 하루에 백 명도 더 와요."

그 말에 머릿속이 하얘졌고, 그날 뜯지도 않은 연고들을 몽땅 쓰레기통에 집어넣었다. 감정적으로만 그런 건 아니었다.

그 순간, 근본적으로 다른 접근이 필요하다는 걸 직감했다.

약을 끊자 리바운드 현상이 나타나기 시작했다.

아토피 부위가 점점 넓어지더니, 결국엔 온몸으로 번졌다. 얼굴도 퉁퉁 붓고 갈수록 내 아이의 모습이 아니었다.

눈앞에 펼쳐진 전신 아토피. 그제야 알았다.

지금껏 약으로 눌러온 6년이 얼마나 어리석은 시간이었는지.

마치 수면 아래 감춰져 있던 빙산의 거대한 실체가 드러난 듯했다.

착잡하고 막막했다.

하지만 6개월간 잠을 설치며 버텨낸 시간을 통해 확신하게 된 한 가지가 있다.

분명히 말할 수 있는데, 치유를 이끈 건 '없애려는 노력'이 아니라 좋은 것을 '채우는 힘'이었다.

2020년 9월, 첫째의 아토피는 말끔히 사라졌고, 지금까지도 매끈한 피부를 유지하고 있다.

나는 셋째의 면역 조절을 위해 먹이던 글리코영양소를 첫째에게도 똑같이 먹였다.

고가의 제품이라 경제적 부담이 컸지만, 그만한 가치가 있었다.

그것은 먹다 말다 할 그런 건강기능식품과는 달랐다.

아이의 세포 재생을 돕고, 무너진 피부 장벽을 다시 세우는 데 충분한 힘이 있었다. 나는 그저 몸이 스스로 회복할 수 있도록, 믿고 기다렸다.

억지로 덜어내기보다 조용히 좋은 것을 채워주는 일, 그 일이 아이의 몸을 바꿔놓았다.

지금도 첫째는 종종 이렇게 말한다.

"병원 약으로도 안 나았는데, 엄마가 고쳐줬잖아."

그럴 때마다 나는 말한다.

"그건 엄마가 고친 게 아니라, 네 몸이 스스로 치유한 거야."

나는 단지, 맑은 물을 계속해서 부어준 것과 같았다.

덜어내려 애썼던 시간보다, 성실히 좋은 것을 채워주었던 시간이 아이의 몸을 바꾸었고, 우리의 삶도 바꾸어 놓았다.

어쩌면 치유란 그런 것이 아닐까.

내 몸의 탁함, 마음의 상처, 아이의 병마저도 애써 없애려 하기보다, 그저 좋은 것을 끊임없이 채워가는 일.

그렇게 하다 보니 어느 날 투명해진 물컵처럼, 맑아진 아이의 피부와 함께 내 마음도 다시 투명해졌다.

첫째의 몸은, 좋은 것을 계속해서 채워주는 치유의 길이 결코 헛되지 않음을 증명해 준 가장 확실한 증거였다.

"우리 안의 탁함은 퍼내는 것만으로는 맑아지지 않는다. 좋은 것을 조용히 계속 채울 때, 비로소 투명해진다."

믿어야
산다

조셉 머피의 『잠재의식의 힘』에는 "잠재의식의 힘을 가장 설득력 있게 보여 주는 증거가 질병의 치유다."라는 문장이 나온다. 그는 실제로 잠재의식의 치유력을 사용해 악성 종양인 육종을 고친 적이 있다고 말했다.

사람들은 흔히 신앙심이 있어야만 기도에 응답받는다고 생각하는데, 그는 그렇지 않다고 말했다. "기도는 마음속으로 떠올린 이미지에 잠재의식이 응답할 때 통한다."라는 말로 보다 더 본질적인 원리를 얘기했다.

즉, 신앙의 유무가 아니라 이미지·확신·지속성이 핵심이라는 뜻이다.

나는 이 말에 공감했다. 종교도 없고 교회도 다니지 않지만, '잠재의식의 힘'이 어떻게 작용하는지 경험해 본 적이 있기 때문이다.

첫째의 아토피를 직접 고쳐보겠다고 마음먹었을 때, 나는 흔들리지 않았다. 의심은 될 일도 막지만, 믿음은 해야 할 일을 끝까지 하게 만든다.

2020년 당시 첫째의 아토피를 치유하는 동안에는 사실 『잠재의식의 힘』을 모르고 있었다.

대신 론다 번의 『시크릿』과 모치즈키 도시타카의 『보물지도』를 읽었기 때문에 '믿음이 행동을 지속하게 만든다'라는 원리를 이해하고 있었다.

치유는 시간이 필요하다. 그리고 그 시간을 견디게 하는 힘은 바로 믿음이다. 그래서 나는 어떤 책이든 그냥 지나치지 않는다. 진짜 그런지 그렇지 않은지를 따라 해 본다. 몸으로 확인해야 비로소 내 것이 된다.

병원에서는 보습 로션과 크림을 수시로 발라주라고 했지만, 실제 아토피 치료 과정에서는 이런 보습제가 오히려 회복을 방해할 수 있다는 사실도 책을 통해 알았다. 첫째에게 보습제를 발라주었을 때, 아이가 따갑다며 비명을 질렀던 기억이 난다. 피부 장벽이 무너진 상태에서는 그 어떤 좋은 제품도 무용지물이었다.

직접 아토피를 치료하기로 마음먹고서 글리코영양소를 첫째에게도 먹였던 이유는, 셋째가 먹고 있었고, 나 자신도 2019년에 글리코 클린으로 건강을 회복한 경험이 있기 때문이었다.

사실 경험보다 확실한 증거는 없다.

장이 건강해지면 면역 조절이 되고, 면역이 안정되면 피부 재생은 시간문제라는 생각이 들었다. 글리코영양소가 독소 배출을 돕고 장 기능 회복에도 도움이 된다는 설명이 내 경험과도 정확히 맞아떨어졌다. 그래서 나는 확신을 갖고 글리코영양소를 매일 먹였다.

하지만 피부는 단번에 좋아지지 않는다. 좋아졌다가 다시 나빠지기도 하고, 부위마다 치유 속도도 제각각이었다. 진물이 흐르고 붉게 악화될 때는 치료가 잘못된 것처럼 보이기도 하는데, 사실 그런 순간이야말로 몸이 독을 밀어내는 과정일 때가 많다. 몸이 독을 밖으로 내보낼 때는 더 심해 보일 수 있기 때문이다. 바로 이것이 자연치유의 기본 원리다.

따라서 부모가 할 일은 더하지 않는 것, 그리고 급한 마음에 방해하지 않는 것이다.

아무것도 안 하는 것처럼 보여도, 근본적인 치유에는

 엄마가 고친다

이 기다림이 꼭 필요하다.

믿음의 힘은 바로 여기에서 진짜 모습을 드러낸다. 믿음이 있으면 불안 대신 관찰이 가능하고, 관찰이 되면 치유의 흐름이 보인다. 그리고 그 흐름은 다시 믿음을 단단하게 한다.

나는 글리코영양소를 먹이며 『아토피 이제 걱정하지 마세요!』를 읽다가 그 치유의 흐름을 발견했다. 책에서 말한 생기탈각요법(새살이 나고 각질이 떨어져 나가는 과정)과 창배귀원법(숨은 독을 드러내 근본으로 돌아가는 과정)이 첫째의 피부에서 그대로 나타나고 있었다.

그 순간 소름이 쫙 돋았다. 책에서 한의사가 말한 한약을 먹이지도 않았는데, 원리가 정확히 일치하고 있었다. 그때 '이 방법이 맞다' 하는 확신이 섰다.

덧붙이자면, 이 책은 10여 년 전 남편 회사 리모델링 때 버려진 책이었다. 어쩌다 내 손에 들어와 몇 해 동안 책장에 꽂혀 있다가, 첫째 치료를 시작하던 그 시점에 다시 펼쳐 보게 되었다. 지금 생각하면 우연처럼 보이지만, 끌어당김의 법칙으로 필요한 정보가 제자리를 찾아온 것이라고 생각한다.

2020년 3월부터 9월까지, 6개월 동안 치유의 변화를 지켜보는 일은 결코 쉽지 않았다.

그 와중에 더 어려웠던 것은 시부모님의 반대였다.

"병원 가면 금방 나을 텐데 왜 애를 잡냐."

"멀쩡한 애 괜히 생고생시키지 말고, 당장 병원에 데리고 가!"

증상이 더 심해 보이니 설명하기도 어려웠다. 세대 차이도 컸다. 부모님 세대는 '악화 후 호전'의 원리를 잘 알지 못한다. 약을 쓰면 금방 진정되기에 그것이 진짜 치료라고 믿는다.

그래서 나는 더 설명하지 않기로 했다.

귀를 닫고, 입을 닫고, 몸의 신호만 보기로 했다.

여덟 살 첫째는 곳곳의 피부가 쩍쩍 갈라지고 그 틈으로 진물이 흐르고 쓰라려 아픈데도, 엄마인 내 말을 믿고 잘 견뎌주었다.

"낫는 중이니 조금만 더 참자!"라고 했을 때 고맙게도 그대로 받아주었다.

어린데도 할머니, 할아버지 앞에서 "낫는 중이에요. 걱정하지 마세요. 엄마가 꼭 고쳐줄 거예요."라고 분명히 말할 때마다 나는 수없이 숨을 삼키며 첫째를 바라보았다.

  엄마가 고친다

그 덕분에 책임감을 느끼고 더욱더 힘을 낼 수 있었다.

그렇게 우리는 6개월을 견뎠다. 그리고 그해 9월, 믿기 어려울 정도로 피부는 완전히 회복되었다. 사람의 몸이 얼마나 과학적이며, 자연치유력이 얼마나 위대한지 그때의 감탄이 지금도 잊히지 않는다.

직접 겪었기에 확실히 말할 수 있다.

믿어야 산다. 믿어야 버티고, 버텨야 근본이 바뀐다.

글리코영양소도, 『아토피 이제 걱정하지 마세요!』도 처음부터 나와 인연이 있었던 것은 아니었다. 하지만 잠재의식이 퍼즐 맞추듯 이 모든 조각을 하나로 모아 주었다.

이제 첫째는 진짜 다 나았다. 지금은 무엇을 먹어도 알레르기 반응이 없다. 병원 치료와 보습제를 끼고 살았던 6년 동안은 얻지 못한 결과였다. 근본을 치유하고, 기다리고, 믿었기 때문에 가능했다.

건강도 공부해야 한다. 알았으면 실천하고, 몸으로 확인해 자기 것으로 만들자.

상술에 속지 말고, 자기 몸을 자세히 관찰하고 파악해

자기 몸에 맞는 관리가 필요하다.

지금은 그런 시대다. 『트렌드 코리아 2026』에서도 올해의 10대 키워드 중 하나로 '건강지능'을 선정했다. 앞으로는 건강도 능력인 시대라 스스로 지켜낼 줄 알아야 한다.

그 첫 번째 힘이 바로 믿음이다.

"믿어야 산다. 믿어야 버티고, 버텨야 근본이 바뀐다."

 엄마가 고친다

3부
내가 선택한 방향

나의 몸, 나의 삶을 다시 설계하다

🍀

서른넷,
내가 임신성 당뇨라고?

2014년, 둘째를 임신하고 있던 때, 나는 임신성 당뇨 판정을 받았다.

그 이야기를 꺼내면 사람들은 대개 이렇게 묻곤 한다.

"그거 출산하면 괜찮아지는 거 아니었어요? 나도 그랬었는데, 출산하고 나서 좋아졌는데…"

처음엔 나도 그런 줄 알았다. 하지만 내 몸은 달랐다.

출산 후 한 달이 지나, 예약되어 있던 내분비대사내과를 찾아갔다.

정상으로 회복되었기를 기대했는데, 의사의 설명은 그렇지 않았다.

"수치가 크게 좋아지지 않았어요. 앞으로도 식단 조절을 잘하셔야 해요. 나이 들어 당뇨병 오니까, 지금부터는

　엄마가 고친다

특히 신경 쓰세요."

100% 틀린 말은 아니었지만, 그 말이 쉽게 받아들여지지는 않았다.

임신성 당뇨 환자의 50% 이상은 20년 이내 실제로 당뇨병이 발병하고, 장기적으로 자녀에게 비만과 당뇨병이 생길 수 있다고 하니 외면할 수도 없었다.

그렇지만 말이 '아' 다르고 '어' 다른 법인데, 환자가 받을 충격은 안중에도 없어 보였다. 진료가 끝나고 나오는데, 온몸에 기운이 빠지면서 정신이 멍해졌다.

서른넷. 그 나이에 '당뇨병'이 거론되는 건 생각보다 훨씬 큰 충격이었다.

"당뇨가 온다고?"

믿어지지 않았지만, 계속해서 관리하며 살아야 하는 현실에 화가 났다.

출산 전까지 하루에 일곱 번씩 손끝을 찔러 혈당을 재던 일도 만만치 않았는데, 앞으로는 평생 조심하며 살아야 한다니…. 그 말은 암 선고만큼이나 착잡했다.

더구나 심혈관질환, 당뇨, 고혈압, 고지혈증으로 매일 약을 드시는 친정엄마를 떠올리니, 나의 미래가 그려지는 듯해 숨이 막혔다.

아직 혈당 수치는 정상 범위 안에 있지만, 가족력까지 있으니, 언제든 당뇨가 와도 이상하지 않다는 말이기도 했다. 그날부터 나는 '당뇨 고위험군'이라는 꼬리표와 함께 살아야 했다.

그러면서 자연스럽게 결혼하면서부터 시부모님과 한집에서 살아온 환경이 건강에도 영향을 미치지 않았을까, 그런 생각을 하게 되었다.

낯선 환경, 친정과는 다른 생활 방식, 마음 놓고 편해질 수 없는 공간.

그 속에서 쌓인 스트레스와 운동 부족, 만성적인 수면 부족 등 '스트레스는 만병의 근원'이라는 말을 내 몸에도 적용시키고 있었다.

하나씩 되짚어보면 위험은 어느 날 갑자기 찾아온 게 아니었다. 이미 오래전부터 내 몸은 조용히, 그러나 분명하게 압박받고 있었다.

'당뇨 전 단계'는 아니었어도 이미 그에 가까운 삶을 살아가고 있었다.

 엄마가 고친다

2014년 6월, 임신 24주 차.

당뇨 선별검사에서 이상 소견이 나왔다.

아기 시럽처럼 달고 끈적한 오렌지 맛 당분 음료를 마신 뒤 혈당을 쟀고, 수치는 기준치를 넘었다. 한 번 더 검사를 했는데도 결과는 역시 '임신성 당뇨'.

그날의 당혹감은 아직도 생생하다.

첫째 임신 때까지 건강에 아무런 문제가 없었고, 친정 엄마 외에는 특별한 가족력도 없었다. 그동안 나름 건강하게 살아왔는데, '당뇨'라는 단어 하나가 갑자기 머릿속을 가득 메웠다.

그날 이후 나의 일상은 바뀌었다.

하루 일곱 번의 혈당 체크. 아침에 눈 뜨자마자 손끝에 바늘을 찔렀고, 식전과 식후 두 시간마다 혈당 수치를 확인하는 것이 가장 중요한 일과가 되었다.

'잘 먹고 잘 쉬라'던 임신은 어느새 '계산하고 조심하며 견뎌야 하는 시간'으로 바뀌었다.

탄수화물 하나, 간식 하나도 조심스럽게 선택해야 했고, 맛보다 혈당을 먼저 살피는 습관이 생겼다. 천안의 S대학병원 내분비대사내과와 서산의 산부인과를 오가며,

출산 전까지 정기적으로 진료받았다. 혈당 수첩엔 매일 숫자들이 빼곡히 채워졌고, 내가 먹은 음식은 '기억'이 아닌 '기록'이 되었다.

2014년 9월 7일, 39주 차.

다행히 둘째는 건강하게 태어났다.

새벽 3시쯤부터 진통이 시작되어 오전 10시가 되어갈 무렵에 둘째를 품에 안았다.

병원에서 우려한 선천성 기형, 신생아 호흡곤란증후군, 거대아, 고인슐린증 등과 같은 위험 없이 자연스럽게 세상에 나와준 둘째에게 정말 고마웠다.

세상의 엄마들이 그렇듯 나도 '아기만 건강하면 다 괜찮아' 그런 마음이었다.

출산 후 두 아이의 엄마가 되어서인지 몰라도 책임감과 용기가 불끈 솟아올랐다.

병원에서 들은 말처럼, 비록 내 몸은 언제라도 당뇨가 올 수 있지만, 그렇다고 해서 평생 전전긍긍하며 살고 싶지는 않았다.

 엄마가 고친다

일상생활에서 '조심', '주의'라는 단어와 함께 살고, 음식 앞에서는 "괜찮을까?"라고 먼저 물으면서도 스트레스 받지 않으려고 애썼다. 과하게만 먹지 않되, 먹고 싶으면 즐겁게 먹었고 골고루 먹었다. 운동도 틈틈이 조금씩이라도 꼭 했다.

생각하기 나름이라고, 당뇨 고위험군 꼬리표 덕분에 나는 내 몸을 오히려 더 잘 돌볼 수 있었다. 그전까지는 무심코 지나쳤던 몸의 신호에도 귀를 기울일 수 있었고, 요리할 때도 건강과 연결 지어 생각하니 바른 먹거리에 대한 관심이 높아져 저절로 공부도 되었다.

그렇게 관리하며 나름 잘 지내고 있었는데, 어느 날 삶은 또 한 번 나를 흔들었다.

셋째가 백혈병 진단을 받고, 그 순간부터 또다시 일상이 무너지기 시작했다.

내 몸은 뒷전이었고 오로지 아이를 살려야겠다는 마음 하나로 하루하루를 버티고 있었다.

무엇보다 엄마로서 해줄 수 있는 게 없다는 무력감과 죄책감은 자존감을 떨어뜨렸고, 몸의 균형도 조금씩 깨지기 시작했다.

그러면서 나는 '당뇨 고위험군'에서 '당뇨 환자'로 넘어가고 있었는지도 모른다.

"조심스러움은 때때로 새로운 눈을 뜨게 한다.

내 몸의 신호에 귀 기울이고, 음식의 의미를 다시 생각하게 되었다.

하지만 삶은 언제나 예상보다 복잡하고, 균형은 쉽게 무너진다."

 엄마가 고친다

어쩌다
'클린'을 결심하다

2018년 10월 어느 날.

서울A병원 신관 1층.

병원에 도착하자마자 유모차를 대여해 셋째를 앉혔다. 몸을 일으키는 순간, 눈앞이 캄캄해졌다. 아무것도 보이지 않았다. 괜찮아질 때까지 그저 가만히 있을 수밖에 없었다. 그런데 같은 증상이 반복되었고 몇 분씩 더 오래 지속되자 두려워지기 시작했다.

서울 병원으로 옮기기 전, 셋째는 고관절염 수술을 받아 걷지 못하는 상태였다. 아프기 전에는 기저귀도 뗐었는데 수술 이후 다시 차게 되었다.

항암 스케줄에 따라 주 4일을 학교 다니듯 병원에 다녔고, 그때마다 아이를 안고 다녀야 했다. 유모차를 빌리지 못한 날에는 가방과 아이 무게로 체력이 바닥났다.

29개월, 세 살 아기라지만 엄마들은 안다. 아기가 아무리 작아도 계속 안고 다니면 몸이 얼마나 지치는지를.

진료 과정은 늘 비슷했다.

병원에 도착하면 일단 소아 채혈실로 가서 피를 뽑고, 결과가 나오면 외래 진료를 본 뒤, 3층 항암 주사실로 올라가 기다렸다. 항암제가 도착하면 주사를 맞고, 이후 병원 근처 약국에 들러 처방받은 약을 받았다. 그렇게 해서 집에 돌아오면 어느새 반나절이 훌쩍 지나 있곤 했다.

하루의 중심은 온전히 셋째 돌봄에 맞춰져 있었다. 내 몸을 챙길 여유는 없었다. 그 시절 나는 셋째를 위해 늘 종종걸음으로 쉴 새 없이 움직였기에, 정작 내 안에 '나'는 없었다. 그래서 몸이 망가져 가고 있는데도 알아차리지 못했다.

셋째의 백혈병 진단 후 항암 치료가 시작된 지 며칠 안 된 어느 날, 둘째 시큰어머니께서 병문안을 오셨다. 면회실에서 이야기를 나누던 중 큰어머니께서 조심스럽게 물으셨다. "성화야, 혹시… 임신한 건 아니지?" 당시

     엄마가 고친다

내 배는 누가 봐도 임신 7개월처럼 보였다. 그런데 그때까지만 해도 몸이 힘들다거나 어지럽다는 자각증상은 없었다. 아마도 못 느꼈다는 말이 맞을 것이다. 셋째의 투병은 그렇게 그나마 있던 나의 여유조차도 송두리째 앗아간 상태였다.

육아와 대식구 살림에 아무리 지치고 시간이 부족해도, 그전까지는 그래도 나름대로 몸을 관리했다. 규칙적인 식사는 물론 운동까지. 아이들이 낮잠 자는 시간을 활용해 줄넘기, 제기차기, PT 체조, 스쿼트, 스트레칭 등 혼자서 할 수 있는 운동이면 뭐라도 꼭 했다. 그러나 셋째가 아픈 뒤로는 틈틈이 했던 운동마저도 하기 어려워지면서 차츰차츰 그렇게 내 몸은 망가지고 있었다.

아이가 아픈데 엄마까지 아프면 안 될 일이다. 병원에 혼자 갈 시간도, 검사받을 용기도 없었다. 정말 내가 아프면 셋째는 누가 돌보나. 어쩌면 나는 이미 알고 있었는지도 모른다. 이렇게 가다간 나도 무너진다는 것을.

요즘은 병원에 다니지 않거나 약을 전혀 먹지 않는 사람을 찾기가 쉽지 않다. 그렇다면, 약을 밥 먹듯 먹는 삶이 과연 '진짜 치료'일까? 건강을 위해 먹는 약이 오히려 삶을 병들게 하는 것은 아닐까?

현대 사회에서 나이 불문하고 당뇨 전 단계는 이제 너무 흔하다. 심혈관질환, 뇌혈관질환, 당뇨병, 고지혈, 고혈압, 치매, 파킨슨…. 약 없이 사는 사람이 드물다. 이게 과연 정상인가? 현대 의학이 꼭 필요한 순간에는 치료받아야 마땅하지만, 무작정 의사에게 몸을 맡기고 약에만 의존하는 삶은 진정한 치료가 아니라고 생각한다. 결국 나에게 필요한 것은 스스로 고쳐보겠다는 결심이었다.

1차 항암과는 비교도 되지 않을 만큼 격렬했던 2차 항암 치료. 셋째는 부작용을 온몸으로 겪었고, 나는 그런 아이를 살리기 위해 글리코영양소를 먹이기로 했다. 항암 부작용을 최소화하고, 세포끼리 '서로 말이 잘 통하게' 도와 면역을 조절해 준다는 글리코영양소였다. 그러나 아무런 맛이 없다 보니 셋째는 요와 이불, 방바닥 여기저기에 뱉어내기 일쑤였다. 어떻게든 먹여야겠다는 생각에 아이와 50여 일을 씨름했다. 항암 치료가 심한 날에는 항구토제를 맞아도 소용이 없었다. 계속 속이 울렁거리고 토해서 아무것도 먹지 못한 날에는 타 놓은 것이

 엄마가 고친다

아까워 내가 대신 먹곤 했다. 그러던 어느 날, 생각지도 못한 일이 벌어졌다.

2019년 6월 1일, 토요일 아침.

눈을 뜨자마자 세상이 빙글빙글 돌기 시작했다.

전날 잠들기 전까지만 해도 아무렇지 않았는데, 방망이로 두들겨 맞은 듯 몸도 쑤셨다. 나는 일어나려다 그대로 주저앉아 헛구역질하고 여러 번 토하기도 했다. 쓰러지듯 그대로 누워 2~3시간을 내리 잤다. 눈을 떠보니 이상하게도 어지럽지 않은 것 같았다. 아픈 느낌도 덜했고 쑤시던 것도 사라졌다. 처음 겪어보는 이상한 경험이었다.

며칠이 지나서 그것이 호전 반응이었다는 것을 알았다. 특히 당뇨병인 사람에게서 나타날 수 있는 증상이기도 했다. 순간 놀라움을 감출 수 없었다. 내 몸 어딘가가 되살아나고 있다는 신호처럼 느껴졌다. 문득 '이렇게 반응이 온다면, 근본적인 치료도 가능하지 않을까?'라는 생각이 스쳤다. 바로 그 당시 밤마다 읽고 있던 책 중 하나도 『클린』이었다.

2차 항암 때부터 오빠네 가족의 배려로 병원 근처 오빠네 집에서 지내게 되었고, 우리는 첫째 조카의 방을 썼다. 그때 책꽂이에서 꺼내 든 책이 알레한드로 융거의 『클린』이었고, 건강에 몰두하던 나는 자연스럽게 읽기 시작했다. 그리고 빠르게 빠져들었다.

『클린』은 다이어트를 말하는 책이 아니다. 우리 몸의 회복과 재생에 관한 철학이 담겨 있는 책이다. 가공식품, 환경오염, 스트레스, 약물 등 우리는 매일 독소를 쌓아가며 살아간다. 그리고 그 독소가 만성 질환의 근원이 된다는 것이 이 책의 핵심 메시지였다.

알레한드로 융거 박사는 이 책에서 특히 장 건강과 디톡스를 강조했다. 소화에 부담을 주지 않는 식단으로 장을 쉬게 하고 정화함으로써 몸의 자연치유력과 면역력을 회복시키는 길을 제시했다. 21일간의 클렌징 식단과 생활 가이드를 통해 몸의 리듬을 다시 찾게 돕는다. 일시적으로 체중만 줄이자는 것이 아니라 '회복과 치유를 위한 새로운 루틴'을 만드는 것, 그것이 『클린』의 본질이었다.

그래서 나는 『클린』을 읽으며 자연스레 '대청소'를 떠올렸다. 대청소란 눈에 보이는 곳만 치우는 게 아니라, 구석구석까지 말끔히 비우고 정리하는 일이지 않은가. 몸도 그렇다.

따라서 '클린'은 머리부터 발끝까지 몸을 새롭게 리셋하는 개념으로 이해해야 한다. 마치 컴퓨터나 스마트폰에 오류가 났을 때 껐다 켜듯, 우리 몸도 주기적으로 그런 리셋이 필요한 것이다.

그래서 나는 결심했다. 내 몸을 반드시 다시 살려내겠다고. 그리고 그 결심 위에 글리코영양소를 얹었다. 그것이 바로 '글리코 클린'이다.

글리코영양소의 효능과 구체적 활용법은 다음 꼭지에서 다루기로 하고, 이 시점에서 중요한 것은 따로 있었다. 클린은 몸에 영양소를 보충하는 것뿐만 아니라 몸 전체의 시스템을 재정비한다는 관점이었다. 따라서 '글리코 클린'은 엄마인 내가 무너지지 않기 위해 내린, 절박하면서도 철학적인 선택이었다. 그리고 그 선택은 앞으로 이어질 35일간의 여정으로 나를 이끌었다.

"조심스러움은 때때로 새로운 눈을 뜨게 한다.

"몸이 보내는 경고를 외면하지 마세요. 회복은 용기

있는 변화에서 시작됩니다."

　　―『클린』을 통해 나를 살린 철학

 엄마가 고친다

'글리코 클린' 35일간의 기적:
내 몸을 살리는 일

『클린』을 덮는 순간, 나는 당장 내 몸을 대청소하고 싶었다. 이미 몸이 보내는 신호가 심상치 않다는 걸 알고 있었기 때문이다.

"성화야, 혹시… 임신한 건 아니지?"

병문안 오셨던 시큰어머니의 조심스러운 그 말에 당황했지만, 사실 내 몸이 먼저 알고 있었다.

아침에 눈을 뜨면 체중이 계속 늘어 있었다. 많이 먹지도 않았는데, 배는 하루 종일 빵빵했다. 윗배부터 불러 마치 임신부처럼 보였고, 누워도 배가 들어가지 않았다.

거울 속엔 어느새 낯선 여자가 서 있었다.

바지 위로 넘실대는 똥배, 울룩불룩 튀어나온 살덩이, 숨 막히게 조이는 브래지어, 이중 턱과 무너진 얼굴선.

더 이상 그 얼굴을 '나'라고 부르고 싶지 않았다.

문제는 그것만이 아니었다. 헐렁하게 입었던 옷들도 갑갑하게 느껴졌고, 숨쉬기도 불편했다. 결국 속옷 사이즈를 한 사이즈 늘렸고, 헐렁한 옷만 입었다. 내 몸은 균형을 잃은 채 계속 무너지고 있었다. 당뇨 고위험군이라는 그림자가 항상 따라다니기는 했지만, 그렇게 빨리 날 힘들게 할 줄은 몰랐다.

2019년 6월.

작정하고 관리했다.

그리고 35일 뒤, 나는 전혀 다른 사람으로 변했다. 놀라운 건 그 변화가 순간적인 반짝임이 아니라는 것이다. 7년이 되어가는 지금까지도 나는 표준 체중과 건강한 체성분을 유지하고 있다. 당뇨의 두려움은 멀어졌고, 몸은 스스로 균형을 찾아갔다.

그 열쇠가 바로 '글리코 클린'이었다.

당시 셋째가 백혈병 투병 중이라 내 몸을 돌보는 일이 사치처럼 느껴졌지만, 결국 엄마인 내가 건강해야 아이

　　　　엄마가 고친다

를 지킬 수 있다고 생각했다. 그렇지만 끼니마다 유기농으로 내 식단을 따로 준비할 자신은 없었다. 그래서 셋째에게 먹이고 있던 글리코영양소 외에도 통곡물 쉐이크와 단백질 파우더까지 더해 활용해 보기로 했다.

나는 하루 세끼 통곡물 쉐이크에 글리코영양소를 2스푼씩 넣어 마셨다.

단백질 파우더와도 섞으면 포만감도 오래갔고, 속도 편안했다. 처음엔 그저 그런 건강보조제와 비슷할 거라고 생각했는데, 그 이상이었다.

해독 15일이 지나면서 화농성 여드름처럼 피부에 돋았던 발진이 차츰 가라앉았고, 무겁던 몸도 한결 가벼워졌다. 보건소에서 확인한 혈당 수치도 안정세를 보이고 있었다.

무엇보다 내 상태에 놀랐다. 밥과 김치 생각뿐이었던 내가 어느 순간 자유로워져 있었다. 조카들이 옆에서 과자를 바스락대며 먹어도, 먹고 싶은 마음이 생기지 않았다. 그제야 내가 음식을 지배한 것이 아니라, 음식이 나를 지배하고 있었다는 것을 알았다.

책을 통해 글리코영양소는 글리코영양소만의 특징이 있다는 걸 배웠다.

우리 몸의 세포는 서로 신호를 주고받으며 기능을 조절하는데, 글리코영양소 속 당사슬 성분은 이 신호 전달을 돕는다.

세포 간 소통이 원활해지면 몸에서는 여러 변화가 나타난다.

- 면역세포가 제 기능을 회복함
- 소화기관과 장이 안정적인 환경을 되찾음
- 혈당 조절 세포가 정상적으로 작동함

세포들이 서로의 언어로 대화를 나누듯, 내 몸과 마음이 다시 소통을 시작했다. 무너져 있던 질서가 차츰차츰 회복되며, 몸은 안도의 한숨을 내쉬는 듯했다. 그 순간, 내 몸 안에서 내가 편히 살아갈 공간을 다시 찾은 느낌이었다.

나는 정확히 식사 리듬을 지켰다.

    엄마가 고친다

- 아침 7시, 점심 1시, 저녁 7시
- 저녁부터 다음 날 아침까지 12시간 공복
- 하루 2리터 이상 물 섭취
- 근처 공원에서 가벼운 운동

처음 2주는 별 변화가 없었지만, 3주 차에 접어들며 몸이 눈에 띄게 달라졌다. 숨쉬기가 편해졌고, 머리도 맑아졌다. 아침에 눈을 뜨는 순간 자리에서 뒤척이지 않고 벌떡 일어날 정도로 가뿐해졌다. 무엇보다 내 몸이 내 집처럼 느껴졌다. 그것이 가장 큰 기적이었다.

35일 클린이 끝나고 겉에서 봤을 때, 나는 5kg이 빠졌고, 이후 일반식을 하면서도 3kg이 더 빠졌다. 속을 보면 체지방은 줄고 그 자리에 근육이 채워진 덕분이다. 옷맵시가 산다는 게 뭔지 처음 알았다. 밖에 나가는 게 싫었었는데, 막 돌아다니고 싶어졌다.

글리코 클린은 사람들이 반짝 변신하려는 그런 다이어트가 아니다.

35일은 내 몸을 정화하고, 위로하며 살뜰히 돌보는 시간이었다. 우리는 누구나 처음부터 과하지 않았다.

나는 세 아이 모두를 자연분만으로 건강하게 낳았고, 처음 내 품에 안겼던 그 작은 몸들은 있는 그대로 완벽했다. 비울 것도, 채울 것도 없이 충분한 존재.

나 역시 원래 그런 존재였다는 걸 클린이 알려주었다.

이처럼 건강했던 몸으로 돌아간다는 건, 본래의 나를 찾는 것과 같다.

내 몸을 살리는 일이 결국 가족을 살리는 일이라는 걸, 클린을 마치고 나는 또 한 번 절실히 깨달았다.

내 몸이 건강해야, 사랑하는 이들도 안전하고 평온하게 지킬 수 있다는 사실을, 다시 한번 더 가슴에 새겼다.

"내 몸이 내 편이 되는 순간, 인생은 다시 시작된다."

     엄마가 고친다

마흔의 봄날,
자궁이 내게 말을 걸다

2020년 3월.

셋째의 외래 진료 간격이 2주로 벌어지면서, 1년 5개월 만에 오빠네 집에서 우리 집으로 드디어 돌아왔다.

엄마의 빈자리가 고스란히 드러난 집은 정신없었다.

그런데도 좋았다. 바쁘고 지쳐도, 내 집으로 돌아왔다는 사실 하나만으로 그저 행복했다.

늘 마음에 걸렸던 첫째, 둘째와도 다시 살 맞대고 지낼 수 있어 감사했다.

하지만 뭔가 이상했다. 와야 했던 '그날'이 오지 않았다.

며칠은 그냥 넘겼다. '요즘 너무 바빴잖아.', '피곤해서 그럴 거야.' 그렇게 생각했다.

하지만 1주, 2주가 지나도 아무런 소식이 없었다.

'여자의 달'이 오지 않았다.

몸이, 달처럼 주기적으로 나를 돌아봐 주던 시간.

기분이 가라앉고, 어딘가 모르게 무거워지고, 자유롭지 못한 날들 속에서도 생명력을 품은 시간.

그 소중한 순환이, 마흔의 봄날, 조용히 멈춰버렸다.

처음엔 '며칠 더 있으면 하겠지'라고 생각하다 계속 기미가 없자 불안한 마음에 산부인과를 찾아갔다.

2020년 3월 28일.

초음파 검진 결과, 의사가 말했다.

"자궁 내막이 많이 두꺼워진 상태입니다. 평균보다도 1.3㎝가 더 두꺼워요."

"지금이라도 생리를 하면 괜찮은데, 예정일에서도 벌써 20일이나 지나 있고…."

"이 상태로는 내막이 무너질 기미가 없어 보입니다."

"암 전 단계일 수도 있으니, 소견서를 써드릴게요. 당장 큰 병원에 가봐야 할 것 같습니다."

일상으로 돌아왔다고 좋아한 게 엊그제인데, 이번엔

 엄마가 고친다

내가 문제였다.

삶이란 늘, 그렇게 호락호락하지 않았다.

나는 임신과 출산을 제외하곤 그때까지 단 한 번도 생리를 거른 적이 없었다.

그랬던 내 몸에 적신호가 켜졌다.

'나이는 숫자에 불과하다'라고 믿었는데, 괜히 마흔이 아니었다.

의사의 말을 듣는 순간, 셋째가 가장 먼저 떠올랐다.

'우리 ○○이⋯ 지금이 어떤 때인데.'

'○○이 다 낫기 전까지는, 나는 아프면 안 돼. 절대 안 돼!'라고 생각했다.

"선생님, 조금만 더 지켜보는 방법은 없을까요?"

셋째 이야기를 꺼내며 조심스레 여쭤봤다.

결국 피검사와 냉검사를 한 뒤 두 달을 더 지켜보기로 했다.

나는 집에 돌아오자마자, 셋째에게 먹이고 있던 글리코영양소를 정신없이 퍼먹었다.

목이 막히거나 말거나 물도 없이 그냥 미친 듯이 퍼먹었다.

그때 내가 할 수 있는 건 그것뿐이었다. 불안한 마음을 잠재울 유일한 의지이자 희망으로.

그런데 기적처럼, 글리코영양소를 먹은 지 3일째 되는 날, 피가 비쳤다.

그리고 그날 저녁부터 수돗물 틀어놓은 것처럼 생리혈이 마구마구 쏟아졌다.

멈췄던 내 몸의 정교한 시계가 다시 움직이기 시작했다.

49일 만에 돌아온 '여자의 달'. 됐다. 됐어.

그 후 6일 동안 평소처럼 생리를 했고, 두 달을 지켜보는 동안에도 26일 주기로 월경을 이어갔다.

생리가 끝날 때마다 산부인과에 갔다. 초음파 결과에서도 자궁 내막 두께가 제자리로 돌아와 있었다.

몸은 정직했다. 그리고 놀랍도록 섬세했다.

『오늘도 약을 먹었습니다』라는 책에 따르면, 여성의 생리 주기에 관여하는 호르몬만 해도 다섯 가지가 넘는다고 한다.

이 모든 호르몬이 정교하게 균형을 이뤄야만 여성은

 엄마가 고친다

매달 생리를 할 수 있다.

그중 하나만 어긋나도 생리는 멈춘다.

나는 그 신비를 몰랐다. 그저 당연하게만 여겼다.

내 몸에 성실히 찾아오던 '여자의 달'을, 건강하게 생리하던 내 몸을, 고마워할 줄 몰랐다.

주변에서 생리통으로 응급실에 실려 갔다는 이야기, 호르몬제를 먹어야 겨우 생리를 한다는 이야기, 월경전 증후군으로 우울증까지 겪는다는 이야기….

여성이라면 겪을 수 있는 문제를 경험해 본 적 없어 모두 남의 일처럼 여겼었다.

하지만 이젠 이 세상에 당연한 건 아무것도 없다는 것을 깨달았다.

내 몸이 제 역할을 해준다는 것만으로도 얼마나 감사한 일인지, 비로소 알았다.

여성의 몸은 단순한 장기들의 조합이 아니다. 기억하고, 감정 짓는 유기체다.

자궁은 내게 말을 걸고 있었다.

바쁘다고, 피곤하다고, 네 몸을 밀쳐두지 마.

너도 돌봄이 필요해. 너도 사랑받아야 해.

이제 나는 그 말을 듣는다.

이제 나는 내 자궁과, 내 몸과, 내 삶과 다시 대화하기 시작했다.

미안해, 나의 자궁아.

셋째만 돌보다가 정작 너를 돌보지 못했어.

오랫동안 침묵 속에 긴장하게 했고, 그걸 다 받아내느라 얼마나 힘들었니.

내가 밤마다 숨죽이며 흘렸던 눈물과 잠 못 든 시간, 너는 다 기억하고 있었지. 그래서 아팠던 거지. 정말 미안해.

앞으로 나는 달라질 거야.

몸은 언제나 우리에게 말을 걸고 있다는 걸 이제는 알기 때문에, 앞으로 나는 그 말을 들으면서 살게. 약속해.

"몸은 늘 말하고 있었다. 단지 내가 듣지 않았을 뿐이다."

변화의 문 앞에서,
궁궐을 만나다

굳게 닫혀있는 줄만 알았던 그 문은 사실 오래전부터 조금씩 삐걱거리며 열리고 있었다.

2023년은 지금 생각해도 유난히 예민하고 복잡했던 해였다. 내 몸은 낯선 신호들을 쉴 새 없이 보내왔고, 감정은 이유 없이 솟구쳤다. 작은 말 한마디에도 욱, 화가 치밀었고, 나조차 내가 낯설었다.

"엄마, 오늘 저녁 메뉴는 뭐예요?"

늘 하는 질문인데, 이상하게도 그 말에 너무 화가 났다. 아이들이 "엄마 요즘 이상해요. 화낼 일이 아닌데 화를 너무 잘 내요."라고 말했을 때, 그제야 나는 멈칫했다.

이유 없이 몸이 무겁고, 지치고, 허덕였다. 퇴근 후에도 또다시 집으로 '출근'해야 하는 현실에 짜증이 폭발했

　엄마가 고친다

다. 일이 끝나고 집에 도착했을 때, 나도 누군가 차려준 따뜻한 밥을 먹고 싶고, 손 하나 까딱하지 않고 쉬고 싶은데…. 왜 나만 매일매일 숨 돌릴 틈도 없이 식구들 뒤치다꺼리를 해야 하는 걸까?

일곱 명이 함께 사는 집에서 빨래만 해도 매일 기본 서너 번. 왜 이 집에서 나만 이렇게 식모처럼 종종걸음을 걸어야 할까. 정말, 더럽게 억울했다.

그해 또다시 생리 주기가 흔들렸다. 원인도 모른 채 들쑥날쑥하더니, 일단 시작하면 수돗물 튼 것처럼 콸콸 쏟아졌다. 크기가 가장 큰 생리대인 오버나이트를 써도 소용없었다. 생리혈이 샐까 봐 조마조마했고, 몇 번은 근무 중에도 집에 가서 옷을 갈아입고 와야 했다. 심지어 생리가 끝난 지 일주일 만에 또 시작된 적도 있었다. 예민해질 수밖에 없었다. 이건 분명 뭔가 잘못된 신호였다.

그러다 2023년 12월 6일, 아이들 학교에서 '감정 오일 테라피'로 학부모 힐링 연수를 받은 적이 있다. 강의 막바지에 소개된 '궁테라피'라는 말에 귀가 솔깃해졌다.

강사는 자궁을 '구중궁궐'에 비유했다. 겹겹의 문으로

둘러싸인, 임금이 머물렀던 궁궐의 심장처럼, 여성의 몸 속 깊은 골반에도 그러한 궁이 있다는 것이었다. 수정란이 착상되고 새로운 생명이 자라는 이 신성한 공간을, 누구보다 아끼고 사랑스럽게 돌봐야 할 내 안의 궁궐로 바라보자는 이야기였다.

강사의 표현에 그 순간 가슴이 뭉클했다. 그동안 내가 외면해 왔던 것은 신체 기관으로서의 자궁이 아니라 나만의 '궁궐'이었다는 것을 깨달았다.

『폐경기 여성의 몸 여성의 지혜』라는 책을 보면 이런 말이 나온다.

"대부분의 여성들이 50세 전후로 폐경을 맞이한다. 그러나 폐경을 맞기 훨씬 이전부터 폐경기 증상들이 나타나는데, 이런 사실은 잘 모르고 있다. 보통은 2~8년, 때에 따라서는 10년 전부터 나타나기도 한다."

나 역시 결코 피할 수 없는 완경기로 가고 있는데도 그 사실을 모르고 지냈다.

호르몬 변화로 내 자궁이 나에게 보내는 신호가 여럿 있었는데, 나는 그것을 부정했다. 아직은 아니라고, 그러

        엄마가 고친다

기엔 너무 젊다고, 남의 일처럼 여기곤 했다.

산부인과에서도 아직은 폐경이 아니라고 해서 크게 걱정하지 않았다. 다만 불편한 증상들이 있다면 호르몬제를 처방해 주겠다고 했다. 그러나 몸이 보내는 자연스러운 신호에 무조건 약으로 대응하는 건 내키지 않았다. 주위에서 호르몬제를 먹고 부작용으로 힘들었다는 사람들의 이야기를 그즈음 자주 들은 영향도 있었다.

병원에서 해줄 수 있는 건 결국 부작용을 스스로 감당해야 하는 약뿐이었다. 그래서 그날 이후 나는 약으로 조절하는 것 말고 다른 길을 선택하기로 했다. 중요한 건 이것이 병이 아니라는 사실이다. 그 때문에 내 몸은 내가 돌봐야 한다고 생각했다.

사실 이 글을 쓰면서, 몸으로 오는 신호는 2020년, 마흔이 되던 해부터 이미 시작된 게 아닐까 하는 생각이 든다. 그 당시 49일 만에 멈췄던 생리가 다시 돌아왔을 때, 그저 '일시적인 이상'이라고만 여겼었는데, 되짚어보니 그때가 바로 시작인 것 같다. 정확하게 28일 주기로 찾아오던 월경이 흔들린 순간, 내 자궁은 나에게 신호를 보내고 있었다.

"이제 변화가 시작되었으니 준비하세요"라고.

그러나 나는 그 사실을 모른 채 몇 년을 그냥 흘려보냈다.

처음엔 어디서부터 손을 대고 뭘 어떻게 해야 할지 막막하기만 했다. 그래서 아로마 강사님이 알려준 대로 궁테라피에 맞게 블랜딩된 오일을 써보고, 따뜻하게 해주라고 하니 밤마다 온찜질도 했다.

처음 며칠은 별다른 변화가 없었다. 그런데 일주일 후부턴가 새벽마다 저절로 잠이 깼다. 원래 나는 한번 자면 천둥 번개가 쳐도 모를 정도로 아침까지 푹 자는 사람이었는데 새벽마다 잠이 깨서 그것부터 놀랐다. 이마엔 송골송골 식은땀이 맺혀있었고, 잠옷이 흠뻑 젖도록 땀을 흘리기도 했다. 연속 4일 동안이나 그랬다. 처음 있는 일이라 무슨 일인가 싶었는데, 알고 보니 그것이 일종의 호전반응 같은 거였다. 마치 오랫동안 쌓인 먼지를 털어내듯, 내 몸이 스스로 균형을 찾아가고 있었다.

그리고 마지막 생리일로부터 61일 만에 다시 월경이 시작되었다. 그 순간의 감사는 말로 표현할 수 없었다. 이후 지금까지 26~28일 주기로 규칙적인 생리가 이어지고

 엄마가 고친다

있다. 양은 여전히 많은 편이지만 샐 정도는 아니다. 색도 건강한 선홍빛이고, 뭉침도 없다.

산부인과 검진에서도 "전에 있던 근종도 사라졌고 깨끗하다"라는 소견을 들었다. 물론 이것이 내가 시작한 관리법만의 효과인지, 아니면 시간의 흐름과 함께 몸이 자연스럽게 적응한 것인지는 정확히 알 수 없다. 하지만 확실한 것은 내가 다시 내 몸에 집중하고 귀 기울이기 시작했다는 점이다.

그래서 꾸준히 하고 있는 것들이 있다. 향이 은은한 천연 에센셜 오일로 호르몬 균형을 잡아주는 블렌딩 롤온을 만들어 사용하는 것, 생강차 같은 따뜻한 차를 마시는 것, 밤마다 아랫배를 온찜질 하는 것, 그리고 충분히 쉬려고 노력하는 것. 사소한 것들이지만 몸이 가벼워졌고, 마음도 덩달아 안정되었다.

예전에 신경 쓰이던 질염이나 가려움, 분비물 냄새 같은 것들이 모두 개선되었다. 무엇보다 '내가 나를 돌본다'라는 마음가짐 자체가 달라졌다.

이런 변화들이 정확히 무엇 때문인지는 모른다. 전보다 몸에 관심을 두게 되어서일 수도 있고, 마음이 편안해져서 그럴 수도 있다. 그렇지만 가장 중요한 건 내가 더 이상 내 몸의 변화를 두려워하지 않게 되었다는 점이다.

여성의 자궁은 말없이 견디는 궁궐이다. 몸이 아무리 흔들려도 그곳은 생명을 품고, 시간을 지켜낸다. 나는 이제 내 안의 궁을 외면하지 않는다. 바라보고, 어루만지고, 따뜻하게 감싸안는다. 몸이 들려주는 소리에 귀를 기울이며, 변화를 피하지 않고 받아들이는 것, 그것이 나를 돌보는 삶의 시작이다.

모든 여성의 몸이 다르고, 경험도 다르다. 나에게 맞았던 방법이 다른 이에게도 똑같이 효과가 있으리라고는 장담할 순 없다. 하지만 확실한 것은, 내 몸의 목소리에 귀 기울이고 존중하기 시작했을 때, 비로소 나 자신과 진정한 대화가 시작된다는 점이다.

여성으로서의 나, 존재 그대로의 나를 다시 껴안을 수 있게 된 이 여정이 누군가에게도 큰 힘이 되기를 바란다.

"궁궐은 왕을 위해 지어지지만, 여성의 몸속 궁궐은 자신을 위해 돌봐야 한다."

 엄마가 고친다

나는 아로마
전기수입니다

1910년대 어느 여름날, 프랑스 리옹 근처의 한 실험실에서 폭발 사고가 일어났다. 향료 연구에 몰두하던 젊은 화학자 르네 모리스 가트포세는 손에 심각한 화상을 입었다. 불길에 타들어 가는 듯한 고통 속에서 그는 본능적으로 옆에 있던 라벤더 오일 통에 손을 담갔다.

놀랍게도 통증이 가라앉기 시작했고, 상처는 빠르게 진정되었다.

이 사건을 계기로 그의 삶은 달라졌다.

그는 에센셜 오일의 치유 효과를 본격적으로 연구하기 시작했고, 1937년 마침내 『Aromathérapie』라는 책을 세상에 내놓았다. 그는 이 책에서 처음으로 '아로마테라피'라는 말을 사용했고, 우리가 아는 아로마테라피는 그렇게 시작되었다.

가트포세의 일화처럼, 내 삶에도 전환점이 있었다.

첫째의 아토피, 내 몸의 자궁 문제, 그리고 셋째의 백혈병.

그런 불편함과 고통이 없었다면 나는 에센셜 오일을 지금처럼 가까이하진 못했을 것이다. 아이들이 어렸을 때부터 라벤더, 티트리, 페퍼민트를 쓰고는 있었지만, 그것이 몸과 마음, 정신까지도 돌보는 치유의 길임을 깨달은 건 한참 뒤였다. 아로마테라피의 역사와 원리를 공부하고, 자격증 과정을 밟으면서 비로소 전체적인 그림이 보이기 시작했다. 들으면 들을수록, 알면 알수록 더 깊이 빠져들었다.

셋째의 치료가 끝난 뒤, 나는 면역 관리를 위해 프랑킨센스를 선택했다. 그 선택은 나를 그저 '사용자'로만 있게 하지 않았다. 어느새 나는 아로마테라피스트라는 길로 접어들고 있었다. 하지만 무엇보다 내가 아로마테라피를 즐길 수 있었던 가장 큰 이유는 재미였다. 에센셜 오일에 얽힌 식물의 이야기, 향기의 역사, 삶을 바꾼 사람들의 사례들은 끝없이 나를 사로잡았다.

 엄마가 고친다

무엇보다 놀라웠던 건, 내가 2017년부터 한결같이 사용해 온 코코넛 오일 때문이었다.

아침마다 오일 풀링을 하고, 스킨과 로션, 썬크림 대신 발라왔던 그 루틴이 단순한 습관이 아니었다는 사실. 코코넛 오일은 휘발성이 강한 에센셜 오일을 피부 깊숙이 스며들게 해주는 '운반자'로서 아주 적합한 캐리어 오일이었다. 그냥 좋아서 꾸준히 사용해 온 코코넛 오일이 아로마테라피에서는 캐리어 오일로 널리 사용된다는 사실을 알았을 때, 모든 게 딱딱 맞아떨어지는 느낌이었다.

그 후로 일상에 작은 변화들이 일어났다.

2024년 3월, 오랜만에 들른 단골 수선집에서 사장님은 나를 보자마자 이렇게 물으셨다.

"아니, 얼굴이 왜 이렇게 환해졌어? 들어서는 순간 시원한 향이 나면서 코가 뻥 뚫렸어. 뭐 했어?"

나는 웃으며 대답했다. "별다른 건 없어요. 그저 페퍼민트 오일을 매일 바르고 있을 뿐이에요." 그러면서 불규칙한 생리주기로 힘들었지만, 아로마테라피로 자궁 관리를 한 덕분에 지금은 제자리를 찾았다고, 그래서인지 얼굴이 맑아졌다는 말을 자주 듣는다고 덧붙였다.

나는 단지 내 경험과 배운 것을 나누었을 뿐인데, 사장님은 호기심 어린 눈빛으로 끝까지 이야기를 듣고 싶어 하셨다. 예전의 내가 아로마 강사의 강의에 빠져들었던 것처럼.

그날 이후 단골 수선집은 갈 때마다 작은 아로마 강의실이 되었다.

폐경 이후 늘어난 뱃살로 스트레스받던 사장님께 독소 배출을 도와주는 레몬 오일수를 권했고, 호르몬과 순환, 림프 흐름을 돕는 블렌딩으로 복부 마사지를 알려드렸다. 1년 남짓 꾸준히 관리한 끝에 체중 변화는 그리 크지 않았지만, 체성분이 달라졌고, 기초대사량은 눈에 띄게 올랐다.

"뱃살이 워낙 많은 데다 하도 늘어져서 발이 안 보였었는데, 이제는 탄력이 붙고 발이 보여."라고 말한 사장님의 얼굴에서 자신감이 또렷하게 느껴졌다.

그 순간 나는 내가 좋아 나눈 아로마 이야기가 누군가의 몸과 마음을 함께 치유하고 있다는 것을 알았다.

아로마테라피는 의료적 치료처럼 빠른 효과를 내지는

 엄마가 고친다

않는다. 그렇지만 자연의 힘으로 몸과 마음을 차근차근 회복시켜 준다.

그래서 나는 나 자신을 '아로마 전기수'라고 부르기로 했다.

조선시대의 전기수가 이야기를 들려주며 사람들의 마음을 움직였듯, 나 또한 아로마 이야기를 전하며 사람들의 불편한 몸과 지친 마음에 위로와 평안을 심어주고 싶다. 나의 경험과 지식이 누군가에게는 건강한 변화의 시작점이 되기를 바라면서 말이다.

지금도 누군가 아로마테라피에 대해 물어본다면, 나는 기꺼이 내가 아는 만큼 이야기를 들려준다.

그런 선한 나눔이 또 다른 사람의 삶에 향기로운 변화를 불러올 수 있다면, 나는 그것만으로도 충분히 행복하다.

"향기로운 이야기가 누군가의 마음에 작은 씨앗이 되었으면 한다."

한 방울의
기도

지금도 나는 밤마다 곤히 잠든 셋째를 바라본다.

머리를 쓰다듬고 얼굴을 어루만지며, 손도 가만히 잡아본다.

이런 행동들이 특별하지는 않지만, 누군가에게는 단 한 번만이라도 해보고 싶은 간절한 소원일지도 모른다는 생각이 든다. 그래서 늘 감사하고, 함께하는 하루하루가 더할 나위 없이 소중하다. 그만큼 셋째가 아팠던 지난날들은 나에게 큰 충격으로 남아 있다.

그런 마음에, 다시는 아프지 않기를 바라며 매일 밤 해주는 게 있다.

바로 아이 머리 위에 프랑킨센스 오일 한 방울을 떨어뜨려 주는 것이다.

엄마가 고친다

나의 손길이 아이 몸속 구석구석까지 뻗어나가서 건강을 지켜주기를 마음속으로 항상 빈다.

다행히 셋째는 프랑킨센스를 좋아한다.

"엄마, 머리에 떨어뜨리는 거, 그거 해줘."라고 종종 먼저 말할 때도 있다.

그럴 때마다 나는 마음속으로 한 번 더 다짐한다.

'그래, 엄마가 지켜줄게. 다시는 같은 일을 겪지 않도록 무슨 일이 있어도 꼭 지켜줄게.'

셋째의 백혈병 투병은 3년 4개월, 치료 종결까지는 모두 4년 3개월이 걸렸다.

투병하는 내내 도움이 된다면 나는 가능한 모든 것을 적극적으로 받아들였다. 그중 하나가 글리코영양소였다. 가격이 상당히 비쌌지만, 아이를 위해 무슨 수를 써서라도 먹였고, 치료가 끝난 뒤에도 매일 먹였다. 하지만 갈수록 경제적 부담이 커져 결국엔 중단하고 말았다. 그리고 다른 대안을 찾던 중 프랑킨센스 오일을 알게 되었다. 글리코영양소보다는 부담이 덜 되면서 활용이 간편해 마음이 갔다.

무엇보다 아이가 스스로 찾기까지 하니 꾸준한 관리에

도 딱 맞다고 생각했다.

힘겹게 치료하던 시기를 지나, 이제는 건강을 유지하며 관리할 때라 그런 차원에서도 프랑킨센스 오일은 안성맞춤이었다.

그런데 프랑킨센스 오일을 부를 때마다 사람들이 '예수님 오일'이라고 불러, 나는 그 이유가 한참 궁금했다. 그러던 차에 아로마테라피 자격증을 준비하게 되면서 확실하게 알았다.

성경에 따르면, 아기 예수님이 태어나셨을 때 동방박사들이 '황금, 유향, 몰약' 세 가지를 선물했다고 하는데, 그 중 '유향'이 바로 프랑킨센스라고 한다.

신성함과 치유를 상징해, 고대에는 제사와 의식에 항상 쓰였고 그래서 가장 귀한 향으로도 여겨졌다고 한다.

5,000년 전부터 인류의 역사 속에 등장해 온 만큼 향기도 깊고, '오일의 왕'이라는 이름에 걸맞게 다양한 효능도 갖고 있는데, 그중에서도 유독 내 눈길을 끈 건, 암세포와 관련된 연구 결과였다.

2009년, 미국 오클라호마 대학의 연구진은 프랑킨센스

에센셜 오일이 방광암세포에 선택적으로 세포자멸을 유도한다는 연구 결과를 발표했다.

더욱더 놀라운 점은, 정상 세포는 건드리지 않고 암세포에만 영향을 주었다는 것이다.

이 연구는 또한 유방암, 췌장암, 전립선암, 심지어 백혈병 세포에까지 영향을 줄 수 있다는 추가 실험으로도 이어졌다. 물론 이는 어디까지나 기초 연구에 불과하고, 아직 인체에 대한 효과나 안전성이 입증된 것은 아니다. 하지만 한 번 아이의 암을 경험한 엄마로서, 그 가능성 자체가 큰 위안이 된 건 사실이다. 마음의 평안을 얻는 것만으로도 충분히 의미 있는 일이라는 걸 겪어본 사람은 안다.

프랑킨센스. 고대에는 신에게 바치는 향이었지만, 지금은 우리 가족에게 하루를 마무리하는 따뜻한 의식이 되어주고 있다.

무엇보다 중요한 건, 이 시간이 우리 가족에게 주는 심리적 안정감이다.

나는 첫째와 둘째에게도 셋째와 똑같이 머리에 프랑킨센스를 한 방울씩 떨어뜨려 준다.

아이들이 감기 기운이 있거나 컨디션이 가라앉아 있을 때는 프랑킨센스를 코코넛 오일에 희석해 목 뒤쪽부터 척추까지 바르고 마사지도 해준다. 이렇게 하면 몸의 에너지 균형이 맞고 면역력을 관리하는 데에도 도움이 된다.

남편과 나 역시 뇌 건강을 위해 정수리에 1방울을 떨어뜨리고, 몸이 무겁거나 감기 기운이 있을 땐 혀 밑에 1~2방울 떨어뜨려 먹기도 한다.

그리고 셋째에게는 항상 이 말도 덧붙인다.

"○○아, 넌 앞으로 점점 더 건강해질 거야. 엄마가 프랑킨센스로 항상 널 지켜줄게.

매일 조금씩 더 튼튼해질 테니, 엄마만 믿고 잘 따라와! 알겠지?"

나의 마음을 아는지, 믿어주는 셋째가 그저 고맙다.

프랑킨센스는 정신적 안정, 스트레스 해소, 깊은 수면 유도에도 도움이 된다고 알려져 있다. 향이 톡 쏘는 듯 강해 처음에는 코를 찡그리던 셋째도 지금은 프랑킨센스의 깊고 시원한 향을 좋아해 먼저 찾곤 한다.

매일 밤 한 방울은 정수리에 떨어뜨려 주고, 또 한 방울은 발바닥이나 가슴에 발라 준다.

 엄마가 고친다

향이 주는 안정감 덕분인지, 이야기를 나누다 보면 셋째는 어느새 스르륵 잠든다.

처음에 난 자궁 관리를 위해 에센셜 오일을 사용했지만, 프랑킨센스를 알고부터는 아로마테라피 전문가가 되기로 마음먹었다.

공부하면 할수록, 에센셜 오일이 주는 치유의 경험에 놀라고 자연의 지혜에도 감탄하게 되었다. 무엇보다 셋째가 목숨이 위태로웠던 시간을 지나왔기에, 앞으로는 건강하게 살아가기만을 바라는 엄마의 간절한 바람이 결심을 부추겼다.

아픈 아이를 둔 부모에게는 '무언가를 해주고 있다'라는 그 마음만으로도 큰 위로가 된다.

누군가에겐 단순한 오일 사용법일 수 있지만, 나에겐 이것이 기도다.

매일 밤, 셋째의 머리 위에 나는 사랑, 안심, 회복의 한 방울을 내려놓는다.

프랑킨센스의 향기는 나의 절절한 마음을 담고 몸 깊숙이 파고든다. 부디 나의 손끝에서 흘러나온 그 향기를 셋째가 오래오래 기억했으면 좋겠다.

치유는 어쩌면 거대한 의학적 기적이 아니라, 이런 일상의 반복에서 시작되는 것일지도 모른다. 매일 밤 떨어뜨리는 한 방울 속에는 나의 기도와 사랑, 그리고 셋째가 앞으로도 계속 무탈하기를 바라는 간절함이 고스란히 담겨 있다.

그것만으로도 이 소소한 루틴은 충분히 의미 있고, 아름답다.

"엄마의 사랑은 약이 되고, 향이 되고, 기도가 된다."

 엄마가 고친다

아이의 열을 다스리는
엄마의 자세

2019년, 어느 날.

셋째가 항암 치료 중 고열로 밤 10시 넘어 처음으로 응급실에 달려간 적이 있었다. 두 시간 간격으로 체온을 재고, 두 번 모두 37.5도를 넘으면 바로 병원으로 오라는 지침 때문이었다. 서둘러 짐을 챙겨 갔지만, 특별한 치료는 없었다. 응급실에서 해준 건 채혈, 항생제 투여, 그리고 해열제 투여가 전부였다.

대낮처럼 환한 그곳에서는 아이를 재울 수도 없고, 아픈 몸을 편히 누일 수도 없었다. 응급 상황이라 판단해 갔지만, 그저 생고생으로만 느껴졌다. 돌이켜보니, 위급해서가 아니라 두려움에 쫓겨 선택한 일이었다.

2022년 12월.

우리는 '완치'라는 이름으로 서울A병원 소아암 커뮤니티 '146한울타리회'로부터 완치자 메달과 선물을 받았다. 셋째가 백혈병과 싸워 이겨냈다는 증거였고, 모든 것이 제자리로 돌아왔다는 기쁨에 셋째를 부둥켜안고 울었다.

마냥 기쁘기만 할 줄 알았는데, 투병 내내 마음 한쪽에 자리 잡고 있던 미안함이 고개를 들었다. 첫째, 둘째와 다르게 셋째는 감기에 자주 걸렸다. 콧물이 흐르고, 기침만 살짝 해도 소아청소년과로 바로 달려갔다. 감기약과 항생제, 해열제를 아무 의심 없이 먹였다. 소아청소년과에서 처방해 준 것이니까, 당연히 안전하다고 생각했다. 그것이 '엄마의 역할'이라고 믿었다.

아이 셋을 돌보며 대식구 살림에 치어있던 난, 병원을 마치 일상의 한 부분처럼 여겼고 그런 안일함이 결국 '무지'로 이어졌다.

셋째가 백혈병 진단을 받은 직후, 나는 원인을 찾고 싶어 여러 책을 파기 시작했다. 그중 『감기에서 백혈병까지의 비밀』이라는 책에서 지속적이고 반복적인 해열제 사용이 면역 교란, 백혈구 기능 이상을 초래할 수 있다는 내용

 엄마가 고친다

을 접했을 때, 온몸이 얼어붙는 느낌이었다. 어쩌면 내가 너무 쉽게, 너무 자주 해열제를 먹인 것이 셋째의 병과 무관하지 않을 수도 있다는 생각이 들었기 때문이다.

물론 이것은 나만의 추측일 뿐이고, 백혈병의 원인은 복합적이고 명확하지 않다는 것을 안다. 하지만 그런 의심은 나를 한없이 죄책감 속으로 끌고 들어갔다.

그 후 한동안 나는 열에 대해 공부했다. 자연치유, 면역 관련 서적들을 읽으며 조금씩 새로운 관점을 받아들이기 시작했다. 2021년 초부터는 조심스럽게 해열제 사용을 멀리했다. 처음에는 불안했지만, 몇 번의 경험을 통해 확신을 얻어갔다.

『감기에서 백혈병까지의 비밀』은 해열제의 무분별한 사용이 얼마나 위험할 수 있는지를 반복해서 알려주었다. 열을 무조건 부정적인 신호로 받아들여서도 안 된다고 했다. 긍정적인 신호도 있다는 것을 처음 알았다. 생각해 보니 아이들을 키우며 내가 경험한 대부분의 열도 적이 아니었다. 열이 나는 것은 몸이 바이러스와 싸우는, 면역이 제 역할을 하는 자연스러운 과정이다. 그 과

정을 인위적으로 차단할 때, 몸은 치유의 기회를 잃을
수 있다.

2023년 7월 12일 밤 10시 15분.
셋째의 이마가 또 뜨겁게 달아올랐다. 이틀 전부터 기
침하고 있었고, 감기 기운이 있는 상태였다. 왼쪽, 오른
쪽 겨드랑이 체온이 모두 39.9도였다. 그 순간 불안하고
무서웠지만 무턱대고 해열제부터 먹이지는 않았다.

조한경 의사의 『환자혁명』에서 읽었던 내용이 떠올랐다.
"바이러스 감염에 의한 발열은 보통 38.4도에서 40도
사이를 왔다 갔다 한다. 41.5도가 넘어가면 뇌에 영향을
끼치지만 대부분의 경우 41도를 넘지 않는다."
실제로도 그랬다.

예전의 나 같았으면 38도만 되어도 즉시 해열제를 먹였
을 것이다. 옷도 모두 벗겨 체온을 내리려 했을 것이다. 하
지만 이제는 달라졌다. 나는 다이어리에 아이 체온을 먼
저 기록하고 해열제가 아닌 라벤더 오일 뚜껑을 열었다.
미지근한 물에 라벤더 오일을 떨어뜨려 수건을 적신

 엄마가 고친다

뒤, 이마, 얼굴, 목, 겨드랑이, 팔꿈치 안쪽, 무릎 뒤, 손바닥, 발바닥, 몸통을 차례로 여러 번 닦아주었다. 그리고 이불을 목까지 덮어 준 뒤 열이 떨어지는지, 더 오르지는 않는지 지켜봤다.

참고로 열이 쉽게 떨어지지 않을 때는 페퍼민트 오일을 추가해 같은 방법으로 몸을 닦아준다. 라벤더와 로만 캐모마일, 프랑킨센스 오일을 코코넛 오일에 섞어 등 마사지도 해준다. 백혈구가 바이러스와 싸우는 데 도움을 줄 수 있고 열을 내리는 효과도 있다.

그날 아이의 몸은 또 한 번 바이러스와 전투 중이었다. 오한에 떨고 있는 아이를 보며 안쓰러웠지만 나는 이 말도 빠뜨리지 않았다.

"엄마가 옆에서 지키고 있으니까 싸워서 꼭 이겨. 무슨 일이 있어도 이겨. 너는 할 수 있어. 엄마는 우리 ○○이 믿어."

밤새 1시간 간격으로 계속 체온을 재고 뜨거운 밤을 아이와 함께 견뎠다. 아이의 이마를 수시로 짚어보고, 빠르고 거친 숨소리도 지켜보았다. 해열제처럼 빨리 내리지는 않았지만 열은 서서히 떨어지고 있었다. 이틀 밤을 지나 아이는 말끔히 회복되었다.

물론 처음부터 순조롭지는 않았다. 몇 번은 중간에 마음이 흔들려 해열제를 먹인 적도 있었고, 열이 쉽게 안 떨어진다 싶으면 병원 약에 의지하기도 했다. 하지만 그런 시행착오를 거치며 언제 지켜볼 수 있고, 언제 약을 먹여야 하는지 조금씩 감을 익혀갔다.

해열제를 먹이면 간단하고 편한데 굳이 왜 유난을 떠느냐고 생각할 수 있다. 모든 것은 선택에 달려있다. 나는 엄마다. 아이의 면역을 길러줄 책임이 있는 엄마다.

그래서 평소에 나는 해열제를 '쉽게 닿지 않는 곳'에 둔다. 혹시라도 겁에 질린 내가 무심코 손을 뻗을까 봐서. 아이의 이마가 뜨거워지는 순간, 나는 두렵다. '이번엔 해열제를 먹여야 하나?' 갈등하며 흔들리지만, 결국 마음을 다잡는다. 그 의도적인 거리감이 내게 '지켜보는 힘'을 길러주었다.

많은 부모가 열이 나면 가장 먼저 '뇌 손상'을 떠올린

　　엄마가 고친다

다. 그래서 38도만 넘어도 불안해하고, 해열제를 먹인다. 하지만 41.5도를 넘지 않는 이상, 대부분의 열은 해로운 것이 아니라 회복의 신호이자, 몸의 면역이 일하고 있다는 증거다.

물론 모든 상황이 같을 수는 없고, 각자의 여건과 아이의 상태에 따라 다른 판단이 필요할 것이다. 하지만 적어도 내게는 한 번 믿기 어려웠던 것이 경험 후에는 확신으로 바뀌었다.

현대의학이 권하는 대로 열이 나면 옷을 벗기고 해열제를 먹이는 대신, 이불을 덮어주고 미온수에 적신 수건으로 닦아주며 자연스럽게 회복할 수 있도록 지켜보는 것. 우리 몸의 면역과 항상성을 믿고 지켜보는 것이 때로는 더 나은 방법이 될 수 있다는 것을 알게 되었다.

열을 대하는 엄마의 자세는 억제하는 힘이 아니라, 기다리는 힘이다. 약을 주지 않는 고집이 아니라, 아이의 몸을 믿는 용기다. 그 믿음은 하루아침에 생기지 않았다. 수많은 밤을 견디고, 수많은 불안을 넘어선 뒤 비로소 얻어낸 힘이다.

열은 이제 위기가 아니라 기회다. 아이가 자기 몸으로 싸워 이겨내는 결정적인 순간이다. 그 시간을 함께 숨 쉬며, 조용히 곁을 지키는 것. 그것이 진짜 엄마의 자세가 아닐까. 그래서 그 믿음을 실천한 모든 순간이 우리를 더 단단하게 만들어주었다고 나는 믿는다.

"열은 위기가 아니라, 아이의 몸이 스스로 일어서는 기회다."

※ 이 글은 지극히 개인적인 경험과 선택을 바탕으로 작성되었습니다. 각자의 상황과 상태에 따라 적절한 의료진의 조언을 구하는 것이 중요합니다.

 엄마가 고친다

우리 집 구급 상비약,
티트리

나는 시골을 좋아한다.

그런데 시골에 살면서 가장 견디기 힘든 계절은 여름이다.

단독주택에 살다 보니 현관문을 열면 바로 마당이 있고 텃밭이 있어서, 들락날락하는 순간에도 모기와 파리들이 집 안으로 따라 들어온다.

아이들이 지금보다 더 어렸을 때는 잠깐 앞마당에만 나갔다 와도 금세 모기에 물려 들어오곤 했다. 말랑말랑한 여린 살결이 부풀어 오를 때마다, 나의 짠한 마음도 함께 부풀어 올랐다. 가만히 있으면 좋겠지만 어디 그런가. 셋다 아들이라 넘치는 기운을 집 안에만 가둬둘 수는 없었다. 동네 한 바퀴라도 돌고 와야 겨우 차분해졌다.

나갈 때마다 긴 옷을 입혀도, 방마다 홈매트를 켜 두어도 별 소용이 없었다. 여름이면 우리는 그렇게 모기와 전쟁을 했다.

그 무렵, 지인이 '멜라루카'라고 쓰어 있는 작은 갈색 병 하나를 주었다.

벌레나 모기에 물렸을 때 발라주면 좋다고 했는데 알고 보니 그것은 티트리 오일이었다.

반신반의했었는데 신기하게도 부기가 금방 가라앉았고 아이들이 가려워하지도 않았다.

그날 이후, 티트리는 여름마다 우리 집 필수 상비약이 되었다.

생각해보면, 아로마테라피라는 명칭을 알기도 전에 이미 나는 아로마테라피를 하고 있었던 셈이다.

2021년 여름.

셋째가 항암치료를 받고 있을 때도 이 오일은 큰 도움이 되었다.

세 아이가 앞마당에서 물총놀이를 하고 들어와 옷을 벗는데, 군데군데 모기에 물려 있었다. 첫째와 둘째는 금

 엄마가 고친다

세 가라앉았지만, 셋째는 달랐다.

광대뼈 부근이 점점 붉게 부어오르더니, 다음 날에는 눈 주위까지 탱탱 부었다. 그냥 가볍게 물린 정도가 아니었다. 찾아보니 '모기 농가진'이었다. 항암치료 때문에 피부까지 약해진 상태였던 모양이다.

첫째와 둘째라면 대수롭지 않게 넘어갈 일도, 셋째에게는 늘 더 각별한 주의가 필요했다. 항암치료에 쓰이는 약 외에는 난 웬만하면 자연 성분으로, 부작용을 최소화하며 아이를 편안하게 해주고 싶었다. 그래서 티트리 오일을 사용했다.

다행히 물집만 살짝 잡히고 고름이 생기기 전이었다. 나는 로션에 티트리 오일 한 방울을 섞어 넓게 펴 발라주었다. 무의식적으로 자꾸 긁으려 하는 아이와 젠가 같은 보드게임을 하며 관심을 놀이에 집중시키기도 했다. 초기에 대처한 덕분인지 곪지 않고 물집이 그대로 가라앉으며 딱지가 생겼다. 그럼에도 완전히 낫기까지는 열흘이 넘게 걸렸다.

그 일을 겪은 뒤로, 나는 여름이 되기 전부터 미리 준비한다.

2024년 2월에 아로마테라피 자격증을 딴 이후로는 약국에서 파는 '버물리(벌레에 물리면 바르는 약)'조차도 아이들에겐 함부로 사용하지 않았다. 대신 천연 버물리를 직접 만들어 발라주고 있다. 화학성분 걱정 없이, 쉽고 간편하게 만들 수 있다.

10대인 세 아이들을 위해서 5㎖ 갈색 유리 용기에 라벤더와 티트리 오일을 각각 한 방울씩 떨어뜨리고, 나머지는 코코넛 오일로 채워 만들어주었다. 그리고 각자 가방에 넣어 주고 필요할 때마다 꺼내 쓰라고 했다.

만약 일곱 살 미만의 유아가 사용한다면, 총 한 방울만 넣어야 한다. 라벤더든, 티트리든 한 방울만. 유아의 피부는 그만큼 민감하고 흡수도 빠르기 때문이다. 단, 생후 0~2세 아기에게는 가급적 에센셜 오일 사용은 피하는 것이 안전하다.

세 아이들 가방에는 항상 엄마표 버물리가 들어 있다. 모기나 벌레에 물렸을 때, 두드러기가 올라올 때,

   엄마가 고친다

혹은 이유 없이 피부가 가려울 때, 아이들은 엄마표 버물리부터 찾는다. 가렵지 않고 금방 가라앉는다는 걸 알기 때문이다. 그런 모습을 볼 때마다 엄마로서 보람이 넘친다.

라벤더와 티트리는 아로마테라피에서 가장 많이 쓰이는 대표적인 오일이다. 특히 티트리는 호주 원주민들이 오래전부터 상처 소독과 피부 질환 치료에 사용해 온 만큼 오늘날에도 여드름, 뾰루지, 무좀, 벌레 물림 등 여러 피부 문제에 널리 활용되고 있다.

뚜껑을 여는 순간 퍼지는 은은한 약초 향은, 아이들의 피부뿐 아니라 내 마음까지도 함께 편안하게 해준다. 단 한 방울로 119처럼 빠르게 처치를 도와주니, 병원에 갈 정도는 아니지만, 그냥 두기엔 마음이 쓰일 때 꼭 손이 간다. 한 번쯤 사용해 보면 그 효능에도 분명 놀랄 것이다.

천연 에센셜 오일은 그렇게 우리 일상에서 자연스럽게 근본적인 치유를 돕고 있다. 다만, 그것을 믿고 받아들이기까지 시간이 필요할 뿐이다.

"엄마의 사랑과 자연의 지혜가 만나 치유는 일상에 스
며들었다."

자연이 주는 또 다른 러너스 하이,
코파이바

20대 초반, 나는 무작정 5㎞ 마라톤에 나간 적이 있다. 훈련도 준비도 없었다. 그저 젊음 하나로, 달리기쯤이야 자신 있다고 생각했다.

그러나 달리기는 달랐다. 10분쯤 지나자, 호흡이 가빠지고, 숨쉬기가 곤란해졌다.

"시작했으니, 끝을 보자."

그 마음 하나로 버텼지만, 20분이 지나면서 다리는 후들거렸고 주저앉고 싶은 유혹이 몰려왔다. 결국 속도를 늦춰 조깅하듯 달렸다. 숨은 턱까지 차올랐지만, 포기할 수는 없었다.

그렇게 40분 만에 5㎞를 제일 마지막으로 완주했다.

끝나고 나니 연습 없이 뛰었다는 게 못내 아쉬웠다.

만약 10㎞였다면? 꾸준히 몸을 만들고 훈련했다면?

아마 나도 러너스 하이(Runner's High)를 경험했을지도 모른다.

러너스 하이.

계속 뛰는데도 통증이 덜 느껴지고, 마음은 한층 평온해지는 몰입의 순간.

어떻게 그런 일이 가능할까.

달리기를 시작하면 근육은 에너지를 급격히 소모한다. 혈액 속 산소와 당이 줄어들며 숨이 턱턱 막힌다. 그러나 그 고비가 지나면 몸은 새로운 에너지 체계로 전환된다. 동시에 뇌에서는 엔도르핀과 엔도카나비노이드 같은 신경전달물질이 분비되어 기분이 좋아지고, 통증은 둔화된다. 그렇게 몸이 달리기에 적응하면서 찾아오는 평온함, 그것이 바로 러너스 하이다.

알고 보니 러너스 하이는 달리기의 끝에서 오는 것이 아니었다.

“이제부터가 진짜야!” 하고 속삭이며, 우리를 한 걸음 더 나아가게 하는 몸의 응원이었던 것이다.

특히 ‘엔도카나비노이드’라는 낯선 이름에 마음이 끌렸다. 이 물질은 필요한 순간, 필요한 자리에서 바로 만들어졌다가 금세 사라진다. 아이가 넘어졌을 때 곁에서 재빨리 손을 내미는 엄마처럼, 즉각적으로 고통을 달래고 마음을 안정시킨다.

2023년 겨울.

아로마테라피 공부를 하다 코파이바 오일을 알게 되었다. 순간 그때 배운 코파이바 성분이 머릿속을 스쳐 지나갔다.

코파이바는 아마존 열대우림 깊은 숲속에서 20m까지 자라는 나무다. 나무 기둥에 구멍을 내면 진한 수액이 흘러나오는데, 그 진액에서 얻은 것이 코파이바 오일이다. 브라질 원주민들은 예로부터 이것을 만병통치약처럼 사용해 왔다고 한다.

향도 부드럽고 맛도 순한 이 오일에는 β-카리오필렌(β

-caryophyllene, BCP)이라는 특별한 성분이 들어 있다. 놀랍게도 이것은 대마초에 들어 있는 카나비노이드와 비슷하지만, 안전하게 작용해 뇌에는 전혀 영향을 주지 않는다.

우리 몸에는 CB1과 CB2라는 두 가지 수용체가 있다. CB1은 주로 뇌에서 정신적 변화를 일으키고, CB2는 면역계와 말초 조직에서 염증을 줄이고 통증을 완화한다. 신기하게도 코파이바의 성분은 오직 CB2에만 작용해 부작용 없이 몸의 치유 능력을 돕는다.

즉, 운동으로 얻는 러너스 하이의 평온함을, 숲의 나무 진액 한 방울에서도 경험할 수 있는 셈이다.

이 사실을 알고 나서 나는 감탄했다.

"자연은 정말, 우리 몸과 신비롭게 연결되어 있구나!"

그때부터 코파이바 오일을 쓸 때마다 숲의 나무가 내 신경 회로와 대화를 나누는 듯한 느낌이 들었다. 달리기가 몸과 마음을 단련하듯, 코파이바는 매일 나를 본래의 평온함으로 이끌어 준다.

셋째의 백혈병, 첫째의 아토피, 나의 자궁 문제까지 지

     엄마가 고친다

금은 모두 극복했지만, 그렇다고 건강을 자신만만할 수
는 없다. 지나치게 걱정해서도 안 되고 말이다. 중요한
건 육체와 정신 모두의 균형이라서 나는 이런 균형을 잡
을 때 코파이바로부터도 도움받고 있다.

그래서 일상에서는 다음과 같이 활용한다.

체하거나 속이 더부룩할 때, 코파이바·페퍼민트·생강
오일을 식물성 캡슐에 담아 소화제 대신 삼킨다. 아이들
은 소화기 점막이 예민하므로 같은 조합으로 만든 롤온
으로 배를 문질러준다. 그러고 나서 시계 방향으로 마사
지해 주면, 아이들은 곧 좋아졌다고 한다.

주성분인 베타-카리오필렌이 항염, 통증 완화, 신경 안
정, 항구토 역할을 해서 몸의 전반적인 '긴장'과 '불편감'
을 덜어주기 때문이다.

앞에서 얘기한 프랑킨센스와 함께 쓰면 진정 효과 또
한 배가 된다.

그리고 스트레스가 심하게 몰려오거나 심장이 두근두
근할 때 병뚜껑을 열고 향을 맡는다. 그러면 몸이 기억
하고 있던 평온이 다시 살아난다.

물론 에센셜 오일이라고 해서 만능은 아니다. 농도가 높으므로 반드시 희석해서 사용해야 하고, 임신 중이거나 특정 질환이 있을 때는 전문가와 상의하는 것이 안전하다. 그러나 이런 주의 사항들이 코파이바의 놀라운 지혜를 빛바래게 하지는 않는다.

어쩌면 이것이야말로 자연이 우리에게 건네는 또 다른 러너스 하이가 아닐까.

억지로 만든 평온이 아니라, 우리 몸이 원래 지니고 있던 균형을 일깨워주는 힘. 마치 오랜 친구가 다정히 어깨를 토닥이며 "괜찮아"라고 말해주는 듯한, 자연의 지혜 말이다.

"러너스 하이는 달릴 때만 느끼는 게 아니라, 삶과 자연이 서로 맞닿는 순간에도 느낄 수 있다."

4부
삶으로 남은 것들

질병 이후, 내가 붙잡게 된 생각들

지식의 주권:

치료보다 강한 건 알고 실천하는 습관이다

새벽 6시, 눈을 뜨자마자 나는 부엌으로 간다.

아직 식구들의 기척이 없는 그 시간에 나는 코코넛 오일 한 스푼을 입에 머금는다. 20분 동안 입안 가득 오일을 이리저리 굴리며 세균과 바이러스, 독소들을 내보낼 준비를 한다.

이 소소한 습관이 나의 하루를 여는 시작이다.

오일 풀링. 아무도 방해하지 않는 그 시간에 나만의 고요한 루틴.

아무도 강요하지 않았기에 더 단단히 지켜온 나의 습관. 벌써 8년이 넘었다.

시작은 2017년 11월, 우연히 읽은 한 권의 책으로부터였다. 『코코넛 오일의 기적』.

코코넛 오일이란 게 있는지도 몰랐던 내가 단숨에 읽고, 곧바로 내 몸에 적용해 봤다. 그랬더니 진짜 기적이 일어났다.

당시 나는 이유 없이 계속된 두피 가려움증에 시달리고 있었다. 비듬도 없는데 머리가 미칠 듯이 가려워, 참지 못하고 벅벅 긁고 또 긁어댔다. 피부과도 다녀봤지만 소용없었다.

감을 때만 잠깐 시원해지는 쿨링 샴푸도 도움이 되지 않았다. 그래서 속는 셈 치고 책을 믿어보기로 했다.

브루스 파이프 박사, 자연요법 의사이자 코코넛 오일 전문가.

그의 조언대로 자기 전 코코넛 오일을 두피와 머리카락에 바르고 샤워캡을 쓰고 잤다. 놀랍게도 이틀 만에 두피 가려움이 싹 사라졌다. 그때 이후 지금까지, 두피는 한 번도 문제를 일으키지 않았다.

너무 신기해서 같은 저자가 쓴 『오일 풀링』도 읽었고 바로 실천했다. 벌써 햇수로 9년째가 되었다. 한때 유행으로 여겼다면 오래 하지 못했을 것이다.

직접 효과를 봤기에 습관이 되었고, 그 효과는 다음과

같다.

첫째, 아침 입냄새가 사라졌다.

하루에 세 번, 공복에 오일 풀링을 한 달 동안 했을 때 아침마다 났던 입냄새가 말끔히 사라졌다. 깜짝 놀랐다. 전날 밤 아무리 깨끗하게 양치해도 아침엔 어김없이 찾아오던 입냄새였다. 당연한 생리 현상이라 여겼던 것이 사라지고 나니 그것이 '당연하지 않음'을 깨달았다.

둘째, 이따금 있던 치통이 사라졌다.

충치도 없는데 종종 욱신거리며 신경 쓰였던 치통이 오일 풀링을 하고 나면 거짓말처럼 사라졌다. 지금은 그런 통증이 아예 없다. 정확한 원리는 모르지만, 몸이 먼저 반응했다.

셋째, 치석이 줄고 스케일링 비용이 줄었다.

어느 날 양치 후 거울을 보니 아래 앞니 안쪽에 딱딱하게 굳어 있던 치석이 사라졌다. 매일 꾸준한 오일 풀링이 치석까지 녹여낸 것이다. 우리 속담에 "낙숫물이 댓돌을 뚫는다"라는 말처럼 꾸준함은 돌도 녹인다는 걸 그

    엄마가 고친다

때 배웠다.

넷째, 자연스럽게 물을 많이 마시게 되었다.

오일 풀링을 하고 있으면 목이 엄청 마르다.

매일 자연스럽게 물을 마시게 되고, 그만큼 침도 잘 분비된다. 침은 우리 몸의 첫 번째 면역이다. 그 침과 코코넛 오일이 만나 입안의 독소와 세균을 흡착해 배출하고 건강한 하루를 만들어 간다.

다섯째, 오일 풀링을 하면 산뜻하고 개운하다.

양치질로는 느껴보지 못한 깨끗함과 개운함이 있다.

브루스 파이프 박사는 말했다. 한 숟가락의 오일로 입안을 씻어내면 관절염, 만성피로, 당뇨, 염증성 질환 등이 호전되고 이미 수많은 사례가 있다고. 너무 단순해서 믿기 어려운 이 방법이 사실은 면역과 염증, 전신 건강에 깊이 연결되어 있다는 것이다.

오일 풀링의 효과를 경험한 후, 나는 더 이상 무작정 상품을 구매하지 않게 되었다. 대신 성분을 꼼꼼히 살펴보고, 내 몸이 진짜 필요로 하는 것이 무엇인지 스스로 판단하기 시작했다. 이것이 바로 건강 주권의 시작이었다.

코코넛 오일 하나로 나는 여러 제품을 대체할 수 있었다. 스킨, 로션, 선크림 대신 코코넛 오일을 발랐고, 산화되기 쉬운 보통의 식물성 기름 대신 코코넛 오일로 요리했다. 아이들 간식을 만들 때도 코코넛 오일을 사용하니 버터 향이 난다며 좋아했다.

하나를 제대로 알고 활용하자 열 가지가 필요 없어졌다. 이것이 진짜 건강 주권이 아닐까? 광고에 휘둘리지 않고, 내가 직접 경험하고 검증한 것을 선택하는 힘 말이다.

더 나아가 자연치유에 관심을 두게 되면서 공부하게 된 에센셜 오일에 코코넛 오일은 캐리어 오일로도 완벽했다. 라벤더 오일 몇 방울을 코코넛 오일에 섞어 아이들 발바닥에 발라주면 숙면에 도움이 되었고, 페퍼민트 오일을 섞어 목과 어깨에 발라주면 피로가 풀렸다.

이렇게 하나의 지식이 또 다른 지식으로 확장되면서, 나는 우리 가족의 건강을 스스로 관리할 수 있는 힘을 기르게 되었다. 단순히 아플 때 병원에 가는 것이 아니

     엄마가 고친다

라, 평상시 몸을 돌보고 예방하는 것. 이것이 내가 추구하는 건강 주권의 핵심이다.

치료보다 강한 건 습관이다. 좋은 습관은 누구도 빼앗을 수 없는 건강 근육이다. 나는 오늘도 조용히 다짐한다. 나를 지키기 위해 선택한 이 길을, 끝까지 걷겠다고 말이다.

사람들은 종종 내게 묻는다. "어떻게 세 아들을 키우면서도 그렇게 에너지가 넘치세요?" 별다른 비법은 없다. 그저 호기심 많은 엄마가 책을 놓지 않았을 뿐이다. 육아로 세상과 단절된 시간에도 소통 창구였던 책이 내 몸과 내 삶을 바꿨다.

그날 이후, 나는 지식이 곧 주권이 될 수 있고, 그 주권은 오직 '행동하는 사람'의 몫이라는 것도 알게 되었다.

"지식을 통해 행동으로 옮기는 것, 그것이 진짜 건강 주권이다."

선택의 주권:
흔들리며 중심을 세우다

책을 좋아하긴 했어도, 건강 관련 책에는 특별히 관심을 두진 않았다.

그러나 셋째가 백혈병 진단을 받은 후, 아픈 아이를 돌보며 나는 절박한 심정으로 책을 팠다. 짧은 시간 동안 마흔 권이 넘는 건강 도서를 읽었다.

만약 내 아이가 큰 병에 걸리지 않았다면, 나는 지금도 건강 주권에 대해 잘 모를 것이다.

그전까지 나는 몸에 대해 아는 것이 거의 없었고, 의사의 말을 따르는 게 최선이라 여겼다.

나도 보통 사람들처럼 아프면 병원에 가는 게 당연하다고 생각하는 사람이었다.

그러나 셋째의 투병은 내 생각의 틀을 하나씩 하나씩

부수었다.

건강과 관련된 책들은 읽으면 읽을수록 혼란스러웠다. 때로는 화도 났다. 책마다 말이 다 달랐기 때문이다.

항암치료에만 매달리고 있는 내게, 현대의학이 오히려 위험하다고 말하는 책들은 큰 혼란을 줬다.

어떤 책은 항암제를 발암물질 덩어리, 독극물이라 했고, 또 어떤 책은 해열제의 부작용을 낱낱이 까발리며 처방전 없이도 살 수 있는 해열제를 아주 위험한 약이니 사용하지 말라고 경고했다.

누군가는 병원을 떠나 자연으로 가라 했고, 또 어떤 이는 요가와 단식, 아유르베다 같은 전통의학을 적용해 자신을 살렸다고 했다.

그러나 현실은 이상보다 훨씬 복잡했다.

현대의학, 대체의학, 보완의학, 통합의학, 전통의학, 한의학 등. 의학에도 여러 갈래가 있다는 걸 그때 처음 알았다.

낯선 용어와 개념들이 나를 더 깊은 혼란에 빠뜨렸다.

현실, 이론, 그리고 엄마의 감각이 충돌하며 내 안을 헤집었다.

지식은 혼란을 주었고, 경험은 중심을 잡고 싶어 했다.

나는 어떻게든 내 아이를 살리고 싶었고, 절박함 하나로 중심을 잡아야 했다.

골든타임이 중요한 병원 치료에서 가장 중요한 건, 제때 항암치료를 받을 수 있도록 체력을 유지하는 일이다.

현대의학이 중심이었지만, 나는 엄마였기에, 쫄지 않고 보다 적극적으로 내 아이의 치유에 관여하기로 했다.

무너지지 않기 위해 책을 읽었고, 그 과정에서 다양한 관점을 받아들이며 비판적인 시각을 키울 수 있었다. 더불어 건강 주권을 실천할 수 있는 용기도 얻었다.

결국 나는 혼란 속에서 조금씩 방향을 잡아가며 나만의 치유 방식도 만들어 갔다.

셋째는 서울A병원을 다니며 3년 4개월 동안 항암화학요법으로 치료받았다. 그 시간 동안 나는 세포를 건강하게 하고 면역을 돕는 글리코영양소를 꾸준히 먹였다.

항암으로 떨어지는 체력을 보완하고 자연 면역 회복을 돕는 방식이었다.

열이 난다고 해서 무조건 해열제부터 먹이지도 않았다.

감기로 열이 나면, 라벤더와 페퍼민트를 떨어뜨린 미지근한 물에 수건을 적셔 온몸을 닦아주었다. 진정, 쿨링,

항염 효과를 믿으며 아이의 몸을 살폈다.

아로마테라피를 본격적으로 시작하기 전부터 나는 라벤더, 티트리, 페퍼민트 같은 기본 오일을 상비약처럼 사용하곤 했다. 조심스럽고도 꾸준하게 대체요법을 일상 안에 스며들게 했다. 감기로 힘들어할 땐 생강·대추·파뿌리 차를 끓여 물처럼 수시로 먹였다.

이 모든 과정에 '몸은 스스로 낫게 하는 힘이 있다'라고 믿었다.

나는 단지 암이 낫기를 바란 것이 아니라, 아프기 전처럼 삶 전체가 온전해지길 바랐다.

셋째가 어렸음에도 투병기간 내내 나는 이렇게 말했다.

"병원에서 해야 하는 채혈과 항암 주사는 엄마도 그 누구도 대신해 줄 수 없어.

그렇지만 나머지는 엄마가 다 해줄게. 엄마만 믿어. 알았지?"

눈을 맞추며 진심을 담아 말해주었다.

매일 밤 이불속에서 셋째의 모은 두 손을 내 손으로 감싸며 다음과 같이 기도했다.

"하나님, 우리 ○○이 꼭 건강하게 해주세요. ○○이를 통해 하나님의 능력을 보여주세요."

그랬던 시간이 쌓여, 나는 한 가지를 더 알게 되었다.

치료는 기술이고, 치유는 태도라는 것을 말이다.

그리고 그 태도는 삶의 선택 위에서 자란다는 것도 깨달았다.

셋째의 투병을 지켜보며 한 가지 의학에만 의존해서는 안 된다는 게 내 결론이었다.

급할 때는 반드시 병원으로 가는 게 맞다. 골든타임을 놓치면 아무리 좋은 치유법도 후회로 남는다. 그래서 나는 균형을 잡았다.

병원의 말, 책의 주장, 자연요법들 사이에서 내 감각, 아이의 몸, 우리 삶의 맥락에 스스로 묻고 답했다.

현대의학은 빠르고 강력하다. 급한 불은 병원에서 꺼야 한다.

그러나 병이 정말 사라졌는지는 우리 집 식탁에서, 잠자리에서, 그리고 마음의 평온에서 확인할 수 있었다.

대체의학, 보완의학, 통합의학, 전통의학, 자연치유, 해독, 호흡, 명상, 기도…

이 모든 것들이 결국 건강에 대한 내 신념을 변화시켰

　　엄마가 고친다

고, 셋째의 삶도 지켜주었다.

시간이 걸려도 괜찮았다. 그것이 근본 치유에 가까워 보였기 때문이다.

올해로 셋째는 완치 판정을 받은 지 4년 차다. 지금은 6개월마다 정기검진을 다니고 있다.

병원에 가는 날에도 어김없이 면역에 좋은 블렌딩 오일을 셋째의 손바닥에 한 방울 떨어뜨리며 말한다.

"향을 맡아봐. 그리고 깊게 숨 들이쉬고 내쉬기를 세 번 정도 반복해."

그런 다음 목 뒤쪽과 귀 뒤쪽에 문지르게 하고, 나도 같은 루틴으로 한다.

부모가 아픈 아이를 돌볼 때, 철학이 없으면 쉽게 흔들린다.

어디에 중심을 둘 것인가는, 의학적 선택을 넘어 '어떻게 살고 싶은가'와도 연결된다.

나는 이제 흔들림 속에서도 기준을 세울 수 있다.

흔들렸지만 쓰러지지 않았고, 중심을 잡았기 때문이다.

누구의 말이 맞는가가 아니라, 지금 내 아이에게 가장 필요한 것이 무엇인지, 그것을 묻고 선택하는 게 진짜 '건강 주권'이고 '선택의 주권'이다.

**"모든 방향이 길일 수 있다. 그러나 중심은 내가 잡아
야 한다."**

 엄마가 고친다

책임의 주권:
내 몸의 회복은 나의 선택에서 시작된다

자기계발서를 읽다 보면 '모든 책임은 나에게 있다'라는 문장을 종종 보게 된다.

그런데 그 문장이 마음속에 들어오는 순간은 누구에게나 다르다.

나 역시 처음엔 아무런 감흥이 없었다. 오히려, 그 말이 부담스럽고 현실과 동떨어져 보이기까지 했다.

세상이 나를 몰라주고, 억울한 상황에 내던져진 사람에게 이 말은 마치 짐을 더 얹는 것처럼 느껴진다.

"모든 게 내 책임이라면, 나는 왜 이렇게 힘든가? 왜 나만 이렇게 살아야 하는가?"

이런 질문이 떠나지 않았던 시절도 분명 있었다.

그런데 지금은 내가 달라졌다.

중학교 1학년 체육 수업, 첫 실기시험은 줄넘기 2단 뛰기였다.

나는 한 개도 할 줄 몰랐다. 수업 시간마다 연습하고, 집에서도 연습했다. 될 때까지 연습했다. 죽어라 해도 안 되던 것이, 어느 날 갑자기 '툭' 하고 되었다. 온몸에 소름이 돋았다. 그러고 나니 20~30개는 기본이었다. 결국 시험에서 40개를 해 만점을 받았다.

체력장도 마찬가지였다. 초등학교 때는 철봉에 3초도 못 매달렸던 내가, 중·고등학교 때는 선생님이 그만 내려오라고 할 때까지 버텼다. 결코 처음부터 잘했던 건 아니었다. 그냥, 지기 싫었고, 나 자신과의 싸움에서도 지고 싶지 않았다.

이런 경험들이 내게 알려준 건 하나였다.

될 때까지 해보는 끈기와 끝까지 버티는 힘이, 결국 자기 자신을 책임지는 힘이라는 것 말이다.

결혼하고 둘째를 임신했을 때, 임신성 당뇨 진단을 받았다.

처음엔 충격보다 분노가 앞섰다.

솔직히 말하자면, 부끄럽게도 모든 원인을 시부모님께 돌렸다.

"스트레스가 만병의 근원이라는데, 이건 다 어머님과 아버님 때문이야."

그때 나는 정말 그렇게 믿었다.

시아버지는 상견례 자리에서 친정 부모님께 "같이 살겠습니다."라고 못을 박으셨고, 자연스럽게 분가 얘기는 꺼낼 수 없었다.

그렇게 나는 시부모님과 한집에서 살았다.

신혼여행에서 돌아오자마자 현실이 시작됐고, 며느리가 새벽마다 밥을 짓는 것을 당연하게 생각하셨다.

50대의 비교적 젊은 분들이라 생각이 깨어 있을 거라고 믿었던 건, 나의 착각이었다.

그분들의 사고방식은 내 기대와는 달랐다.

만삭의 몸이었을 때도 마찬가지였다.

시대가 변했어도 여전히 옛 기준이 당연하다고 믿는 듯 보였다.

무더운 여름에도 옷 하나 편하게 입을 수 없었고, 말 한마디도 조심스러운 날들이 반복되었다. 주위에 시가 친척들과 시골 마을 특유의 시선도 불편했다. 너무 어려 소통이 안 되는 아이와 하루하루 씨름하며 정붙일 곳이 없어 점점 더 우울해졌다.

몸과 마음이 병들어갔고, 쌓인 감정은 결국 남편에게
로 향했다.

"이 모든 게 당신 부모님 때문이야!"

이런 말로 화를 퍼부으며 내 아픔을 표출했다.

결국, 내 몸이 보내던 신호를 무시한 건 나였다.

시간이 흐르고, 자신을 객관적으로 들여다보는 연습
을 하면서 알았다.

건강을 뒤로 미룬 것도, 감정을 방치한 것도 결국은 나
자신이었다는 사실을 깨달았다.

그 사실이야말로, 회복의 첫걸음이었다.

누구의 잘못인지 따지는 건 중요하지 않다.

진짜 중요한 건, 지금 이 상황에서 내가 무엇을 할 수
있는가이다.

남 탓을 멈추자, 내 몸을 돌볼 수 있는 힘이 내게로 돌아왔다.

그 덕분에 나는 '글리코 클린'을 계획할 수 있었고, 고
장 난 몸도 35일 만에 회복시켰다.

'책임의 주권'이란, "모든 게 내 탓이야."라며 자신을 채

  엄마가 고친다

찍질하라는 말이 아니다.

오히려, "지금 이 상황에서 나는 어떻게 회복할 수 있을까?"라고 나에게 묻고, 나에게 대답하는 주체적인 태도이다.

누군가의 말 한마디, 어떤 환경이 내 삶을 흔들 수는 있어도, 그 흔들림에 어떻게 반응할지는 오직 나의 선택에 달렸다.

내가 내 삶을 책임질 때, 비로소 나에게 힘이 생긴다.

내 몸을 돌보고, 내 감정을 살피고, 내 회복을 이끌어 갈 수 있는 내적인 권한은 오직 나에게 있다.

그것이 바로 '책임의 주권'이고, 나는 그것을 제대로 터득했다.

혹시 지금 이 글을 읽고 있는 당신도 누군가를 원망하고 있나요?

그 마음, 저는 너무나도 잘 압니다.

하지만 기억해 주세요.

당신의 건강을 가장 잘 돌볼 수 있는 사람은 결국 당신 자신입니다.

오늘, 그 주권을 다시 당신 손에 쥐어보세요.

누구도 대신해 줄 수 없는 나의 몸, 나의 마음.

회복은 남이 아닌 나로부터 시작됩니다.

이제는 내가 책임지는 것에서부터, 내 건강도, 내 삶도 다시 시작해봅시다.

"책임의 주권이란 짐이 아니라, 회복을 위한 내 손안의 키다."

 엄마가 고친다

삶의 주권:
내가 나를 믿고 선택했던 그 마음을 다시 꺼내어

1996년, 시골의 작은 면 단위 중학교에 한 소녀가 있었다.

귀밑 3㎝ 단발머리에 키도 작고 촌스러웠지만, 노래를 부를 때만큼은 누구보다 눈이 반짝이는 아이였다. 특히 성악가처럼 부르는 걸 좋아했다.

성악의 '성'자도 모르면서 음악 시간만 되면 왠지 모르게 설렜고, 노래를 배울 때는 억눌린 감정들이 시원하게 녹아내리는 듯했다.

그러던 어느 날, 몇 년간 열리지 않던 '독창대회'가 다시 열린다는 소식을 들었다.

한 학교에서 단 한 명만 참가할 수 있었기에, 소녀는 곧장 음악 선생님께 달려갔다.

"선생님, 저 꼭 나가고 싶어요. 도와주세요!"

작고 수줍은 모습과는 달리, 소녀는 당찬 구석이 있었다.

그 순간만큼은, 삶의 방향을 스스로 정했다. 그것이 소녀에게 처음 주어진 '삶의 주권'이었다. 운 좋게도 그 학교에는 성악을 전공한 음악 선생님이 계셨다. 평소엔 장난기가 많아 짓궂으셨는데, 노래를 가르칠 때만큼은 아주 진지하셨다.

성악의 기초가 전혀 없었던 소녀는 덕분에 스펀지처럼 모든 것을 빠르게 흡수했다.

그리고 하루도 빠짐없이 연습했다.

선생님은 성량이 작은 소녀에게 특별한 연습법도 제안했다.

쉬는 시간마다 2층 복도 끝에 세워, 반대편 끝까지 소리가 울려 퍼지도록 노래를 부르게 하셨다. 또래 남학생들이 오가는 복도에서 사춘기 소녀는 부끄럽고, 시선을 피하고 싶을 만큼 창피했다. 그러나 소녀는 이미 각오하고 있었다.

대회에 나갈 수 있게 되었으니, 부끄러움과 두려움은 스스로 떨쳐내야만 했다.

드디어 대회 당일.

소녀는 교과서에 실린 가곡 '동무 생각'을 준비해 갔다.

 엄마가 고친다

그런데 대회장에 들어선 순간, 마음이 움츠러들었다.

다른 학교 아이들은 영어로 된 노래를 연습하고 있었고, 표정도 마치 성악가처럼 여유로워 보였다.

소녀도 연습하며 긴장을 풀고 있었는데, 몇몇 다른 학교 아이들이 수군대기 시작했다.

"요즘 누가 교과서 노래 부르냐?"

"연습 때부터도 저렇게 떠는데, 무대에서 잘도 하겠다."

비웃는 말들이 들려왔지만, 소녀는 굳게 마음을 먹었다.

자신과 한 약속이 있었기 때문이다.

하나, 무대 위로 올라갔을 때 평소처럼 예의 바르게 인사할 것.

둘, 학교 대표로 나가는 만큼 양보해 준 친구들 몫까지 최선을 다해 부를 것.

셋, 지도해 주신 선생님께 누가 되지 않게, 연습한 대로 성의를 다할 것.

그리고 넷, 어떤 상황에서도 자신과 한 약속은 반드시 지킬 것.

그 약속을 되새기며 무대 위에서 모든 것을 쏟아냈다.

노래를 마치고 무대를 내려올 때, 여전히 수군거림은 이어졌지만, 소녀는 조용히 자리에 앉아 진행 과정을 차분히 지켜보았다.

시상은 장려상부터 발표되었다. 처음 나간 대회였지만 내심 상을 기대했다.

그런데 계속해서 기다리던 이름이 불리지 않자, 참았던 눈물이 터질 듯 북받쳤다.

바로 그때, 소녀의 이름이 불렸다. 벌써 짐작했겠지만, 이 소녀가 나다.

"최우수상, 서운중학교 3학년 홍성화." 분명히 내 이름이었다. 1등.

작은 체구의 내가 누구보다 큰 용기와 노력으로 그 무대를 이겨냈다는 걸, 그날의 박수는 분명히 알려주었다.

그 기억은 지금도 생생하다. 결혼 후 세 아이의 엄마가 되어 일상에 파묻혀 살던 어느 날, 문득 이런 생각이 스쳤다.

'나는 지금, 아무것도 아닌 사람이 되어버린 게 아닐까?'

그 순간, 복도 끝에서 떨리는 목소리로 노래를 부르던 열여섯의 내가 나를 찾아왔다.

흔들리는 무대 위에서도 꿋꿋하게 자신과의 약속을

 엄마가 고친다

지키려 했던 그 아이.

비아냥거림 속에서도 끝까지 중심을 잡으려 했던 그 아이.

그때 그 아이가 엄마가 된 나에게 세상 누구보다 큰 위로와 용기를 주었다.

"넌 절대 아무것도 아닌 사람이 아니야."

삶의 주권이란 거창한 말이 아니다.

그때도, 지금도 내 삶을 내가 선택하고, 내가 표현하고, 내가 책임지려는 마음이다.

몸이 무너지면 마음이 흔들리고, 마음이 무너지면 삶은 더 이상 내 것이 아니다. 특히 몸 상태가 정신에 미치는 영향은 생각보다 크다. 기운이 없으면 생각도 어두워지고, 생각이 흐려지면 내가 진정 원하는 것이 무엇인지도 잘 모르게 된다. 그건 사는 것이 아니라, 그냥 억지로 버티는 것이다.

셋째가 백혈병 진단을 받은 날부터, 내 하루는 병원 스케줄과 아이의 컨디션에 따라 흘러갔다. 하고 싶은 것도, 가고 싶은 곳도 모두 내려놓아야 했다.

첫째의 아토피가 심했을 때도, 밤새 긁는 아이 곁에서 뜬눈으로 지새우는 게 일상이었다.

자궁에 문제가 생기고, 호르몬 변화에 휘둘리며 몸도 마음도 내 뜻대로 되지 않았을 때도 마찬가지였다. 그때 나는 진심으로 이렇게 느꼈다.

'나는 정말 아무것도 아닌 존재가 되어버린 걸까?'

하지만 이제는 안다. 건강은 단지 병이 없는 상태가 아니라는 것을 말이다.

삶을 온전히 느끼고 경험하며 주도할 때, 비로소 건강하다고 말할 수 있다.

병은 나았지만 여전히 아픈 삶을 사는 이들을 종종 본다.

암 완치 판정을 받고도 체력은 무너지고 자존감은 바닥인 채, 병원을 떠나지 못하는 사람들. 그들을 보며 나는 확신하게 되었다.

건강은 회복을 넘어 자기 삶을 주도하는 것이다.

사람이 존엄을 지키며 살기 위해선, 내가 나를 믿고 선택했던 그 마음의 힘이 필요하다.

나는 다시 그때의 나로 살겠다.

하고 싶은 게 많아 눈이 반짝였던 시절. 남들이 뭐라 하든, 결코 포기하지 않았던 나.

그 시절의 나로 돌아가, 한 번 더 당차게, 나답게, 내 삶을 살아야겠다.

체구는 작지만, 나를 지키는 데 있어서는 누구보다 크고 단단한 나이기에 오늘도 나는 내 삶의 주권을 지킨다. 그것이 진짜 건강이고, 진짜 치유라고 믿으며.

"삶의 주권은, 내가 나를 믿었던 그 마음에서 시작된다. 그 마음을 잃지 않는 한, 나는 언제든 다시 시작할 수 있다."

나를
세운 말

"울지 마라. 지금은 울 때가 아니다. 마음 단단히 먹어라."

2018년 9월 17일.

전화기 너머로 친정 오빠가 꺼낸 첫마디였다. 오빠는 모든 상황을 짐작한 듯 그 말부터 했다. 하지만 나는 그 말이 그렇게 서운하게 들릴 수가 없었다.

당시 내 몸은 누가 스치기만 해도 쓰러질 것 같았다.

천안 D대학병원에서 셋째는 입원 일주일 동안 머리부터 발끝까지 할 수 있는 검사는 모두 다 했다. 그런데도 왜 아픈지도 모른 채 계속 아파했다.

확실한 병명도 없이 끊임없이 이어지는 통증 때문에 아이의 얼굴은 종일 일그러져 있었고, 그런 아이를 돌보던 나 역시 초주검이 되어가고 있었다.

9월 17일 아침.

주치의로부터 종합적인 설명을 듣기로 한 날이었다. 그러나 정작 의사는 말을 얼버무렸다.

일주일을 1년처럼 버티며 기다렸던 터라 허탈함은 더 컸다. 속이 부글부글 끓어올랐지만, 화를 낼 수도 없었다.

무슨 병인지는 몰라도 심각한 것만은 분명했고, 머릿속에는 당장 서울의 큰 병원으로 가야겠다는 생각뿐이었다.

평소 부탁을 잘 못하는 성격이지만, 내 아이가 아프니 가만히 있을 수가 없었다.

그래서 사업을 하는 친정 오빠에게 전화를 걸었다. 오빠라면 뭔가 방법을 찾아줄 수 있을 것 같았다.

그러나 오빠의 반응은 내 예상과 달랐다.

"울지 마라. 지금은 울 때가 아니다. 마음 단단히 먹어라."

그리고는 "소견서 받아서 바로 올라와라. 그게 가장 빠르다."라고 말했다.

현실적인 조언이었지만, 그때의 내 몸과 마음은 지칠 대로 지쳐 있어 나는 그 말을 그대로 받아들이지 못했다. 기대했던 도움이 아니라는 생각에 서운한 감정부터 올라왔다.

지금 되짚어보면, 그것은 '뒤로 한 발 뺀' 태도가 아니라 내가 무너지지 않도록 단단히 잡아주려는 오빠다운 위로였다.

당시 계속되는 통증으로 셋째는 잠시도 가만히 있지 못했다. 내가 잠깐 화장실에 다녀오는 사이에도 아이는 "엄마, 아파! 엄마, 아파!" 이 말만 반복하며 나를 애타게 찾았다. 그런 아이를 바라보는 내 마음은 갈기갈기 찢어졌다. 차라리 내가 대신 아프면 좋겠다는 생각밖에 들지 않았다.

그런 상태에서 "울지 마라. 지금은 울 때가 아니다. 마음 단단히 먹어라." 이 한마디는 위로가 아니라 비수처럼 가슴에 꽂혔다.

'지금 내가 얼마나 힘든데, 오빠라는 사람이 이걸 위로라고 하는 거야?'

하지만 그때는 내 감정을 살필 때가 아니었다. 당장 셋째를 서울의 큰 병원으로 옮기는 게 급선무였다.

사실 오빠의 말은 틀리지 않았다. 문제는 말이 아닌 그것을 받아들이는 내 마음이었다.

오빠는 나에게 꼭 필요한 말을 해준 것뿐이었다. 그 말은 동정이나 위로가 아닌 앞으로 헤쳐나가야 할 긴 싸움을 위한 응원이기도 했다.

누구도 대신해 줄 수 없는 길, 결국 나와 셋째가 헤쳐나가야 할 길임을 알기에 건넨 말이었다. 어떤 병일지, 시간이 얼마나 걸릴지 알 수 없지만 큰 고비가 우리 앞에 놓여 있다는 것만은 분명했다. 그래서 오빠는 내가 중심을 잡도록 그렇게 말할 수밖에 없었을 것이다. 그래야 내가 견딜 테니까.

사실 오빠는 겉으로 보이는 것과 달리 속정이 깊고 따뜻한 사람이다. 다만 눈빛이 날카롭고 강해 오해를 사곤 한다. 없는 집의 장남으로 태어나 안 해본 일 없이 지독하게 살아서 그 시간이 얼굴에 그대로 새겨진 것인지도 모르겠다. 대학을 졸업하자마자 서울에 첫 직장을 구했을 때는 집이 없어 회사 창고에서 대충 매트리스 하나 깔고 지냈다. 지금은 직원 열두 명을 둔 대표이사다. 삶이라는 전쟁터에서 끝까지 살아남은 사람의 얼굴이 어떤 것인지 오빠를 보면 알 수 있다. 그런 사람이 내 오빠여서, 그때나 지금이나 참 든든하고 자랑스럽다.

당시 오빠의 조언대로 했던 게 결과적으로는 우리에게 가장 빠른 길이었다.

셋째가 처음 백혈병 진단을 받았을 때만 해도 나는 무슨 병인지 몰랐고, 아이의 몸을 어떻게 지켜나가야 하는지도 몰라 늘 불안했다. 그런데 지금은 어느새 나도 오빠처럼 단단해져 있다.

'백혈병이 재발'했다는 말을 들었던 날, 각종 위험 부담이 적힌 동의서에 사인을 해야 했던 날, 열이 떨어지지 않아 한밤중에 응급실로 달려갔던 날, 독한 항암 치료로 아이가 먹지도 못한 채 축 늘어져 있던 날, 폐포자충 폐렴으로 '24시간이 고비'라는 말을 들었던 날들까지.

수많은 고비마다 나는 그 말을 주문처럼 외웠다.

"울지 마라. 지금은 울 때가 아니다. 마음 단단히 먹어라."

이 말은 투병의 시간을 지나 지금까지도 내 삶을 받쳐 주고 있고 앞으로도 그럴 것이다.

살아가는 동안 위기는 누구에게나, 언제든, 어떻게든 찾아온다. 그래서 나는 독자분들께도 꼭 말씀드리고 싶다.

자신의 삶을 지켜 줄 단단한 한 문장쯤은 가슴에 꼭 품고 살아가면 좋겠다고.

단단하고 건강하게, 오래오래 잘 지내기를 진심으로
바란다.

"울지 마라. 지금은 울 때가 아니다. 마음 단단히 먹어라."
— 2018년 9월 17일, 나를 세운 말

아이에게 배운
마음 수업

2019년 3월 초쯤이었던 것 같다.

주말이라 느긋하게 머리를 감고 나왔는데, 셋째가 내 모습을 보더니 그림책을 들고 다가왔다.

표지에는 '진주 귀고리 소녀'가 있었다.

"엄마 달마따."라고 말하는 순간 화선지에 먹물 번지듯 내 표정도 미소로 번졌다.

'아, 네 살배기가 머리에 수건 두른 내 모습을 보고 진주 귀고리 소녀를 떠올릴 수도 있구나' 생각하니 그저 기특하고 예쁘고 사랑스러웠다.

재빨리 나도 소파에 있던 조카의 넥워머를 아이 머리에 씌워주며 말했다.

"○○이도 진주 귀고리 소녀랑 똑같네."

말과 동시에 아이도 활짝 웃었다. 티 없이 환한 그 모습에 반했다.

웃음소리가 얼마나 경쾌했는지, 우리는 서로 마주 보며 한참을 그렇게 웃었다.

그 순간을 조카가 휴대폰에 담아주어서, 보고 싶을 때마다 꺼내 본다.

하지만 그때의 내 속마음은 오롯이 밝지만은 않았다.

사실은 짠하고 안쓰러운 마음이 더 컸다.

항암 부작용으로 아이의 머리카락은 힘없이 빠지고 있었고, 그런 모습을 볼 때마다 내 마음은 아렸다.

그러나 아이는 개의치 않았다. 어려서 더 그랬는지도 모르겠다.

'아무리 몸이 좋아져도 불안한 마음으로 자꾸 우울해하고 안절부절못하면 그건 병에서 완전히 자유로운 게 아니에요.'

마치 아이가 이렇게 한 수 가르쳐주는 것 같았다.

그날부터 나는 조심하려고 애썼다.

감정이 태도가 되지 않게, 셋째를 바라보는 시선을 그저 천진난만한 또래 아이들 보듯 하려고 노력했다.

일체유심조(一切唯心造).

인간만사 새옹지마(人間萬事 塞翁之馬).

진부할 수는 있지만, 결국 인생을 관통하는 것도 이 말에서 벗어나지 않는다고 생각한다.

나는 셋째를 '아픈 아이'로만 단정 짓고 있었다.

백혈병은 치료 기간이 길고, 상황이 언제 어떻게 달라질지 모르니, 치료 초반까지만 해도 나의 하루는 늘 걱정과 불안으로 뒤엉켜 있었다.

끝을 알 수 없다는 생각에 조바심을 냈고, 전전긍긍하는 내 태도는 나 자신을 점점 더 옭아맸다.

하지만 아이는 달랐다.

병원에 다니며 주사를 맞고 약을 먹는 일이 일상에 잠시 더해진 것일 뿐, 아프기 전과 다를 게 없다고 생각하는 눈치였다.

비록 몸은 아팠지만 네 살 아이 그 자체였다. 셋째는 웬만한 어른보다도 더 담담하게 병을 받아들였고, 잘 이겨내고 있었다.

정말, 모든 것은 마음에 달려 있다.

엄마가 고친다

내가 어떻게 마음을 먹느냐에 따라 삶은 얼마든지 달라질 수 있다.

아이의 건강도, 우리 가족의 하루도, 결국 마음에서 시작된다는 것을 네 살 어린아이로부터 배웠다.

2020년 6월.

한국백혈병소아암협회에서 주관한 '소아암 어린이와 가족의 달콤쌉싸름한 일상사진 콘테스트'가 있었다.

우리는 조카가 남겨준 그 사진으로 '공감가득상'을 받았다.

3차 심사까지 거쳐 다섯 가족만 선정되었는데, 그 안에 우리도 포함되어 있었다.

생각지도 못했던 일이라 더 기뻤다.

시상품으로 받은 가족 외식 상품권으로 우리는 오랜만에 다 함께 식사하며 가슴 뭉클한 시간을 보냈다.

나중에 들은 이야기로는, 심사 위원들이 "사진마다 가족의 사랑이 느껴지고, 아픈데도 불구하고 아이들의 해맑은 미소가 보여 좋았다."라고 했다고 한다.

정말 생각하기 나름인가 보다.

특별하거나 특별하지 않을 것도 없이 그저 내가 그렇
게 생각할 뿐이라는 말이 맞는지도 모르겠다. 그게 일상
이고 인생임을 깨닫는다.

누군가는 아프고 슬픈 순간을 왜 기록으로 남기냐고
물을 때가 있다.
하지만 기록이 없다면, 우리는 이 따뜻한 순간을 선물
처럼 다시 만날 수 없었을 것이다.
나는 슬픔을 되새기기 위해 글을 쓰는 게 아니다.
그 시간을 지나오며 더 단단해지는 나를 발견하기 위
해, 마음을 지키기 위해 기록하는 것이다.
결국 모든 것은 마음먹기 나름이다.
7년 전, 나를 보고 진주 귀고리 소녀를 닮았다며 웃어
주던 아이가, 내게 가르쳐준 진리도 일체유심조와 인간
만사 새옹지마였으니까.

**"아이를 살리던 시간은 내 마음을 다시 살린 시간이기
도 했다."**

 엄마가 고친다

- 깨달음의 파편들 -

이미 익숙한 재난,
준비된 일상

2020년 1월 9일 아침 7시.

겨울이라 아직 깜깜했다.

그날도 셋째와 나는 택시를 타고 서울A병원으로 가고 있었다. 골수검사와 뇌척수액 검사, 그리고 척수강 항암까지 모두 해야 하는 날이라 잔뜩 긴장한 상태였다.

그 무렵, 뉴스에서는 연일 중국 우한에서 발생한 '원인 불명의 폐렴' 소식을 전하고 있었다. 정체를 알 수 없는 바이러스성 폐렴이 번지고 있다는 보도였다.

1월 20일.

결국 대한민국에서도 첫 확진자가 발생했다. 하지만 그 바이러스가 훗날 COVID-19라는 이름으로 전 세계의

일상을 몇 년 동안이나 멈추게 할 줄은 아무도 예상하지
못했다.

2월 19일 이후, 확진자는 급격히 늘어났고, 며칠 사이
전국으로 확산됐다.

하루 수백 명씩 신규 확진자가 쏟아지고 있었고, 세상
은 불안과 공포로 뒤덮였다.

나 역시 마음이 뒤숭숭했다. 그러나 한편으로는 이상
하리만큼 덤덤하기도 했다.

이미 내 아이는 백혈병 환자였기 때문이다. 우리는 그
전부터 충분히 조심하며 살아왔다. 외출 후에는 반드시
손을 씻었고, 병원에 갈 때는 모르는 사람들과의 접촉을
최소화하기 위해 대중교통 대신 택시를 이용했다. 아이
가 아픈 뒤 약 1년 5개월 동안, 우리는 이미 세상과 거리
를 두는 삶에 익숙해져 있었다.

항암치료로 면역이 억제된 아이에게는 사소한 감기조
차 위협이 될 수 있다. 그래서 집 안을 더 꼼꼼히 청소했
고, 음식과 빨래 위생에도 특별히 신경 썼다. 면역을 지
키는 일은 그만큼 선택이 아닌 생존 그 자체였다.

   엄마가 고친다

2018년에 셋째가 백혈병 진단을 받은 후, 마스크 착용은 우리의 일상이 되었다.

서울A병원 소아응급센터에 처음 갔을 때만 해도 왜 마스크를 써야 하는지 몰랐다. 간호사는 그저 "쓰세요"라고만 말했다. 무엇보다 28개월 아기에게 딱 맞는 마스크가 없다는 것이 더 큰 문제였다. 우선 급한 대로 병원에 비치된 성인용 마스크의 끈을 줄여 씌워주었지만, 아이는 자꾸 벗어 던지기 바빴다. 사소한 일 하나도 쉽지 않았다. 계속해서 어우르고 달래며 마스크 착용을 습관으로 만들기까지 적지 않은 시간이 흘렀다.

그래서였을까. 코로나 시기의 마스크 의무화는 우리에게 그리 낯설지 않았다. 생존 필수품이 되어 품절 대란이 벌어졌을 때도 비교적 차분할 수 있었다. 우리는 이미 필요한 만큼 충분히 준비해 두고 있었기 때문이다.

사람들이 '난생처음 겪는 공포'에 불안해할 때, 우리는 한 번 지나온 길을 다시 걷는 기분이었다. 무엇을 조심해야 하는지, 어떻게 행동해야 하는지 알고 있었기에 덜 흔들렸다.

그렇다고 해서 우리 가족이 코로나를 완전히 피해 간 것은 아니었다.

2021년 12월 초, 남편이 가족 중 처음으로 확진 판정을 받았다. 그는 곧바로 생활치료센터로 이송되었다. 결국 그 주말에 예정되어 있던 도련님 결혼식에 우리 가족은 갈 수 없었다. 세 아이에게는 자가격리 명령이 떨어졌고, 행정복지센터 직원은 구호 물품을 문 앞에 조용히 두고 갔다. 나는 아이들과 함께 꼼짝없이 2주를 집 안에서만 보내야 했다. 지금도 그때를 떠올리면 마음 한편이 씁쓸하다.

이후 시아버지와 첫째도 각각 한 번씩 확진되었고, 남편은 코로나가 수그러들 무렵 또다시 감염되었다.

그런데 이상하게도 어머니와 나, 그리고 둘째와 셋째는 공식적인 확진 판정을 받은 적이 없다. 물론 무증상으로 지나갔을 가능성은 있지만, 기록으로 남은 감염은 없다.

그 사실이 다행스러웠고, 감사할 뿐이었다.

코로나를 겪으며 나는 확실히 알았다. 언제 감염될지 몰라 무작정 두려워하기보다, 평소에 몸을 챙기고 면역

 엄마가 고친다

을 지키는 일이 훨씬 더 중요하다는 사실을 말이다. 아무리 거센 바람이 불어도 뿌리가 단단하면 풀은 다시 고개를 든다. 우리는 이미 그 시간을 지나오며 몸으로 익힌 셈이다.

셋째를 보며 또 한 가지 깨달은 점이 있다. 암 환자라고 해서 반드시 더 취약한 존재는 아니라는 것이다.

치료 초기에 병원에서는 멸균된 음식 위주로 먹이라 했고, 딸기와 포도처럼 잔류농약 우려가 큰 과일은 피하라고 했다. 채소와 과일도 익혀 먹이라고 안내받았다. 나는 그 지침을 이해하면서도, 한편으로는 다른 방법을 고민했다. 아이가 먹을 수 있는 건강한 먹거리가 너무 제한적으로 느껴졌기 때문이다.

그래서 나는 먹이지 말라는 말에만 초점을 맞추기보다, 어떻게 하면 먹일 수 있을지를 찾았다. 채소와 과일은 흐르는 물에 충분히 씻고, 식초와 소주를 푼 물에 담갔다가 다시 한 번 더 깨끗이 헹궜다. 그렇게 하면 수용성·지용성 농약 대부분이 제거된다고 알고 있었다. 그렇게 해서 나는 가능한 한 껍질째, 생으로 먹였다. 장 건강이 면역과 깊이 연결되어 있다는 내용을 여러 자료를 통해 접했기에, 유산균도 매일 꾸준히 먹였다. 아침 공복에 세 포, 자기 전에도 세 포. 나는 그렇게 방향을 잡아 나갔다.

효소가 있는 음식도 마찬가지였다. 안전을 위해 위생에 더 신경 쓰되, 음식이 가진 힘을 믿어보기로 했다. 김치도 생으로 먹였고, 청국장과 된장찌개도 식탁에 올렸다. 물론 팔팔 끓여 셋째 몫을 먼저 덜어놓았고, 하루 세 끼를 가능한 한 신선한 재료로 만들어 그때그때 바로바로 먹였다.

비법같은 건 없다. 다만 매일 먹는 음식과 생활을 허투루 넘기지 않으려 했다.

나는 그 시간을 지나오며 확신할 수 있었다.

면역은 하루아침에 만들어지지 않는다. 코로나19든 또 다른 감염병이든, 새로운 재난은 계속해서 나타날 것이다. 그러나 매일 무엇을 먹고, 어떻게 생활하느냐에 따라 우리 몸은 달라진다.

우리에게 코로나는 전혀 새로운 재난이 아니었다. 이미 더 큰 두려움 속에서, 준비된 일상을 만들어 두었기 때문이다. 그래서 조금 덜 흔들렸고, 그만큼 잘 버틸 수 있었다.

 엄마가 고친다

"아이를 지킨 것은 두려움을 넘은 매일의 단단함이었다."

나에게
새마을부녀회란

2021년 1월.

나는 얼떨결에 우리 동네 새마을부녀회장이 되었다.

시아버지께서는 내 의견을 묻지도 않은 채 부녀회 명단에 내 이름을 올려놓으셨다. 그러고는 이렇게 말씀하셨다.

"밖에 나가 바람도 쐬고, 사람들과 어울리면 좋을 것 같다."

말 자체는 틀리지 않았다.

하지만 중요한 건, 그게 아니었다.

그때도 셋째는 여전히 백혈병으로 항암치료를 받고 있었다. 나는 2주에 한 번씩 새벽에 셋째를 데리고 서울A병원으로 치료받으러 다녔다. 일곱 식구 살림에 육아와 병간호만으로도 하루가 벅찼다. 여기에 시부모님의 농사일과 떡방앗간 일이 바쁠 땐 그 일까지 거들어야 했다. 그런 상황에서 그때 내가 새마을부녀회장까지 맡아야 할 이유는, 솔직히 어디에도 없었다.

너무 어이없고 화나고 황당해서 얼굴이 붉으락푸르락해졌다.

10년 가까이 한집에 살며 내가 어떻게 하루를 보내는지, 셋째 일로 얼마나 버거운 시간을 견디고 있는지 누구보다 잘 알고 계실 분이, 정작 당사자인 내 의견은 묻지도 않은 채 이름을 올려놓고 통보했다는 사실이 서운하고 억울했다.

마음 같아서는 당장 모든 걸 엎어버리고 싶었다. 그러나 좁은 시골 바닥에서 이미 알려진 일을 뒤집는다는 건 생각보다 단순하지가 않았다. 그 순간에도 나는 내 감정보다 시부모님의 얼굴을 먼저 떠올리고 있었다. 그렇게 나는, 어처구니없게도 새마을부녀회장이 되고 말았다.

그냥 부녀회장도 아니고 꼭 '새마을부녀회장'이었다.

국사책 근현대사에서나 보던 단어라 이미 사라진 단체

인 줄 알았는데, 여전히 존재했고, 생각보다 활발하게 운영되고 있었다. 어떤 조직인지, 무슨 일을 하는지도 모른 채 앞으로는 '나'가 아니라 '마을 대표'로 움직여야 했다.

명절을 앞두고 농협마트에서 하는 일일점장제, 환경정화 활동, 제초 작업, 숨은 자원 모으기, 복날 행사, 하계 수련대회, 김장철 젓갈 판매 봉사, 동치미 나눔 행사, 면 축제 먹거리 봉사, 선거 공보물 작업까지. 참여할 일이 끊임없이 이어졌다.

그럼에도 나는 부녀회 활동에 한 번도 빠진 적이 없다. 해마다 3월부터 11월까지, 갈산면 행정복지센터에서 기간제로 종일 근무하면서도 어떻게든 내 몫을 채웠다.

내가 빠지면 그건 우리 마을이 참여하지 않는 것과 똑같았기 때문이다. 잡초가 무성한 시기에는 한 달에 한 번씩 월요일에 제초 작업을 했는데, 평일에 시간을 내기 어려운 사람들은 주말에 미리 자기 몫을 해두곤 했다. 정해진 규칙은 없었지만, 다들 그렇게 하고 있었고 나 역시 예외일 수는 없었다.

솔직히 말해 첫해는 정말 오기로 버텼다.

내가 빠지면 동네가 욕을 먹고, 시부모님 얼굴에도 누가

엄마가 고친다

될까 봐 그게 싫었다. 서툴러도, 힘들어도 묵묵히 했다.

그런데 2년 차, 3년 차로 접어들면서 마음가짐이 조금씩 달라졌다. 이모뻘, 엄마뻘 되는 분들이 무슨 일이든 자기 일처럼 즐겁게 하시는 모습을 보면서 감동 받았고, 배우는 게 많았다.

그분들은 누가 시켜서가 아니라, 누군가를 위해 기꺼이 활동하고 있었다.

봉사란 억지로 할 수 있는 일이 아니라는 것을 그때 알았다.

마음에서 진심으로 우러나지 않으면 할 수 없다.

만약 그 시간이 아니었다면 나는 지금처럼 단단하고 다부지지 못했을지도 모른다.

새마을부녀회 활동은 본의 아니게 갇혀 있던 내 삶을 다시 밖으로 끌어내는 데에도 한몫했다. 2022년, 충남형 긴급재난지원금 신청 접수 업무를 계기로 나는 갈산면 행정복지센터에서 기간제 근로자로도 일하게 되었다.

당시 행정복지센터에서는 3주간 일할 사람이 급하게 필요했는데, 부녀회 명단에서 가장 젊은 사람이 나여서

한 번 연락을 해봤다고 했다.

마침, 셋째의 치료도 모두 끝났고, 나 역시 이제는 조금씩이라도 바깥일을 해보고 싶다고 마음먹었던 때였다.

그 일을 시작으로 나는 4년 동안 그곳에서 일했다. 업무 보조였지만, 내 역할을 스스로 좁게 규정하지는 않았다. 할 수 있는 일이라면 찾아서 하려고 했다. 해가 바뀌어 미처 찾아가지 못한 농어민 수당을 찾아드리기도 했고, 행정복지센터를 방문하신 어르신들의 개인적이고 사소한 부탁도 외면하지 않았다. 그땐 의식하지 못했지만, 그런 태도는 분명 새마을 정신에서 배운 것이었다.

새마을부녀회에서 만난 분들 중 한가해서 봉사하는 사람은 아무도 없었다. 모두 각자의 삶으로 바쁜 와중에도 시간을 쪼개 자기 마을을 대표해 활동하고 있었다. 새마을 노래 속 "살기 좋은 내 마을, 우리 힘으로 만드세"라는 가사는 결코 노랫말에만 있는 게 아니었다. 오늘날에도 새마을 조직이 전국 곳곳에서 탄탄하게 이어져 오는 데에는, 뭐든 자기 일처럼 발 벗고 나서서 활동하는 분들이 있기 때문이다.

그런 곳에 소속되어 덩달아 열심히 산 시간은 이후의 삶에도 영향을 주었다. 4년간의 기간제 근로를 마친 뒤, 2025년 12월에 나는 홍성군새마을회로 자리를 옮겼다. 우선 아이들이 자라는 동안 비교적 안정적으로 일할 수 있다는 점이 마음에 들었고, '새마을'이라는 익숙한 이름이 주는 끌림도 있었다. 그리고 무엇보다 직접적인 활동을 넘어 보다 넓은 시각에서 새마을을 바라보고 이해해 보고 싶다는 생각이 들었다.

그 선택은 커리어를 쌓기 위한 결정이라기보다, 앞으로도 나는 어떤 사람으로 살아가고 싶은지를 스스로에게 다시 묻게 만든 계기가 되었다.

처음엔 그저 원망만으로 시작한 활동이었다.

그러나 주어진 역할 안에서 불평을 책임으로 바꾸자, 삶은 나를 한 발짝씩 앞으로 더 나아가게 해주었다. 새마을운동의 3대 정신인 근면, 자조, 협동은 그렇게 내 삶에도 천천히 스며들었다. 비록 3년이라는 짧은 시간이었지만, 그 시간은 봉사만이 아니라 삶을 대하는 태도도 가르쳐 주었다.

얼핏 보면 세상일이 우연처럼 시작되는 것 같지만, 결코 그렇지 않다. 그러니 내게 주어진 역할 앞에서 불평불만부터 늘어놓기보다는, 묵묵히 감당해 보는 용기도 필요하지 않을까.

무엇이든 진심으로 살아낸 시간은 결국 나를 배신하지 않는다는 것을, 나는 새마을부녀회를 통해 배웠다.

"인생은 가장 버거운 자리에 나를 세워두고, 거기서부터 길을 내게 했다."

엄마가 고친다

하고 싶고,
해야 할 것 같은 일

2025년 8월 14일, 셋째와 서울A병원에 정기검진을 받으러 갔다.

채혈하자마자 신관 지하 식당에서 아침을 먹고 1층으로 올라갔다. 그런데 그날따라 어린이병원 정문에 들어서면서 보이는 '후원자의 벽'이 유독 눈에 들어왔다. 벽면에는 기부자들의 이름이 새겨져 있었고, 바로 옆 디스플레이에서는 후원자의 간단한 소개와 기부 금액, 기부 동기가 반복 재생되고 있었다.

나는 그 앞에 한참을 서 있었다. 처음부터 끝까지 찬찬히 읽으며 이런 생각을 했다.

'나도 저 사람들처럼, 아픈 아이들을 위해 기부하는 사람이 될 수 있을까.'

그 순간 몇 달 전에 읽은 책 속 한 문장이 떠올랐다.

2025년 4월, 동원그룹 창업자 김재철 회장의 『인생의 파도를 넘는 법』에서 읽은 문장이었다.

"하고 싶고, 해야 할 것 같은 일이 있으면 주저하지 말고 실행하라."

그 문장은 그날 병원에 머무르는 내내, 그리고 집에 돌아와서도 계속 가슴에 남았다. 그러면서 2019년 4월, 성경책 앞에서 갑자기 펑펑 울었던 내 모습도 겹쳐보였다.

"그건 네 잘못이 아니야."

요한복음 9장이 마치 나에게 이렇게 말하는 것 같았다.

당시 나는 아픈 아이를 둔 엄마로서, 아이가 아픈 이유를 오로지 나에게서 찾으며 매일 자신을 다그치고 있었다. 그런데 기독교인이 아닌 나에게도 성경은 위로가 되어 주었다.

"아이가 아픈 건 그 누구의 잘못도 아니다."

"단지 그 아이를 통해 드러내려는 일이 있을 뿐이다."

그때부터 나는 이따금 '셋째를 통해 우리가 해야 할 일이 무엇일까'를 생각하게 되었다. 하지만 그것이 무엇인지는 좀처럼 감이 잡히지 않았다.

 엄마가 고친다

어린이병원 '후원자의 벽'은 그 질문의 힌트였을까.

한참을 서서 바라보다가, 나도 모르게 한 단어가 떠올랐다.

필란트로피.

그날 나는 단지 기부자들의 이름을 보고 있었던 게 아니었다.

나 역시 누군가에게 도움이 되는 사람으로 살아갈 수 있는지를, 스스로에게 묻고 있었다.

2022년 1월, 셋째의 치료는 모두 끝났고, 지금은 정기검진만 받으며 건강하게 생활하고 있다. 이렇게 살아갈 수 있게 된 데에는 결코 우리 가족의 힘만 있었던 것은 아니다. 그동안 받은 도움을 이 지면에 모두 적을 수는 없다. 개인적인 사정도 있고, 마음으로만 간직하고 싶은 고마움도 있다. 일일이 다 말하지 못해 송구하지만, 그 은혜만은 분명히 기억하며 살아가고 있다고 꼭 전하고 싶다.

그중에서도 한국백혈병소아암협회와 한국소아암재단, 이 두 단체로부터 받은 도움은 지금도 잊지 못한다. 거창한 위로의 말보다, 일상에 깊숙이 스며든 지원이었기에 더 크게 느껴졌는지도 모르겠다.

아이가 한창 항암치료를 받고 있을 때, 한국백혈병소아암협회는 농심과 함께 매달 500㎖ 생수 60병을 1년 동안 지원해 주었다. 항암 중에는 아이가 물맛에도 민감해져 생수만 마셨다. 물값조차 부담이 되던 시기였고, 무엇보다 '믿고 마실 수 있는 물이 늘 있다'라는 사실 자체가 큰 위로였다. 살면서 '물은 생명'이라는 말을 온몸으로 실감한 적은 그때가 처음이었다.

매달 20만 원의 치료 보조비도 1년간 지원받았다. 집중항암 시기에는 병원을 학교 다니듯 거의 매일 오갔고, 어떤 날에는 지갑에 돈 만 원이 없어 발걸음이 무거웠던 적도 있었다. 그럴 때 받은 20만 원의 가치는 2백만 원보다도 훨씬 더 크게 느껴졌다.

1차 항암을 받고 퇴원했을 때, 첫 입원비가 536만 원이 넘었다. 다행히 셋째 보험에서 진단비와 실비가 나와 당장의 큰 걱정은 덜 수 있었다. 병원에 물어보니 당시 백혈병 치료비는 항암치료에만 2천만 원, 이식까지 하면 3천만 원 정도 든다고 했다. 말 그대로 돈이 없으면 치료를 감당하기 어려운 구조였다.

     엄마가 고친다

물론 국민건강보험 산정특례제도와 보험 덕분에 직접적인 치료비 부담은 많이 줄었다. 하지만 서울을 오가는 교통비와 식비, 길 위에서 버려지는 시간과 에너지까지 모두 합치면 그 또한 결코 가벼운 비용은 아니었다. 그래서 치료 기간만큼은 경제적인 스트레스가 없어야 한다고 늘 생각했다. 그래야 치료하려는 마음도 지치지 않을 테니까.

치료는 병원에서 했지만, 버틸 수 있게 해준 힘은 병원 밖에도 분명히 있었다. 생수처럼, 치료 보조비처럼, 일상 깊숙이 스며들어 마음이 무너지지 않도록 받쳐주던 손길들. 그 덕분에 우리는 지금의 일상을 살고 있다.

도움의 성격은 다르지만, 한국소아암재단으로부터 받은 지원도 역시 두고두고 기억에 남는다.

2020년 8월 29일, 우리 가족은 오랜만에 다 같이 외출했다. 재단에서 지정해 준 스튜디오에서 가족사진을 찍기 위해서였다. 병원과 집만 오가던 반복된 일상에서 잠시 벗어났을 뿐인데, 마치 봄바람을 맞은 것처럼 마음이 들떴고 설렜다. 외식을 하고, 키즈카페에서 아이들과 신나게 뛰어놀기도 했다.

그날 찍은 사진은 지금도 거실에 걸려 있다. 사진 속에서 환하게 웃고 있는 아이들을 볼 때마다, 그날의 웃음소리가 지금도 귓가에 선명하게 들린다. 이 외에도 생일과 어린이날에 받은 장난감, 크리스마스 과자 선물 세트, 그리고 스마트 스피커 카카오미니까지. 특히 스마트 스피커 덕분에 아이들은 지금도 좋아하는 노래를 매일 듣는다. 그만큼 노래는 우리 가족이 아프고 지친 일상을 빠르게 회복하는 데 큰 힘이 되었다.

이처럼 우리가 받은 모든 도움에는 따뜻한 마음이 담겨 있었다. 그것은 물질적 지원을 넘어, 삶을 다시 견딜 수 있게 해주는 힘이었다. 그런 사랑 덕분에 나 역시 언젠가는 도움이 필요한 사람들에게 꼭 베풀며 살아야겠다고, 오래전부터 은연중에 생각하고 있었는지도 모르겠다.

그런 마음으로 지난 5년 동안 굿네이버스, 국경없는의사회, 함께하는사랑밭, 월드비전 등 여러 곳에 정기 후원을 해왔다. 짧게는 몇 달, 길게는 몇 년까지 이어간 곳도 있었지만, 모두 끝까지 지속하지는 못했다. 마음만으로는 넘기 힘든 현실의 벽 때문이었다.

   엄마가 고친다

몇 년째 나는 블로그와 브런치에 틈틈이 일상의 글도 쓰고 있다. 처음에는 잘 쓰든 못 쓰든, 쓰는 행위 자체가 좋아서 시작했다. 하지만 지금은 생각이 달라졌다.

이왕이면 좋아하는 일로, 누군가에게 도움이 될 수 있으면 좋겠다는 마음이 든다.

만약 지금 쓰고 있는 나의 첫 에세이가 출간되어 인세가 생긴다면, 그 돈을 모아 한국백혈병소아암협회와 한국소아암재단에 반씩 기부할 생각이다. 비록 큰 금액은 아닐지라도, 그것이 우리가 받은 사랑에 대해 내가 할 수 있는 가장 현실적이고 정직한 보답이라고 생각한다.

김재철 회장의 말처럼, 하고 싶고, 해야 할 것 같은 일이 생기면 앞으로 나는 머뭇거리지 않을 것이다. 받은 사랑을 또 다른 누군가에게 이어달리기하듯 전해주는 선순환에, 조용히 동참하고 싶다. 그리고 그것이 삶의 방식으로도 자리 잡으면 좋겠다.

이 글 또한 그 이어달리기의 연장선이 되기를 바라며, 오늘도 나는 글을 쓴다.

"받은 사랑을 기억하는 삶은, 또 다른 누군가가 삶을
다시 살아가게 이끈다."

 엄마가 고친다

나가며

삶이 대답하다: 내 몸은 내가 지킨다

2025년 6월 22일, 오랜만에 아이들과 극장에서 영화를 봤다.

제목은『드래곤 길들이기』였다.

영화는 '소년과 드래곤의 우정'뿐 아니라, 남과 다르게 생각하고 다르게 대응하는 방식이 결국 세상을 바꾸는 힘이 될 수 있음을 보여주었다.

주인공 히컵은 싸우지 않았다.

아버지처럼 칼을 들지도, 드래곤을 향해 돌진하지도 않았다.

그는 다르게 싸웠고, 다르게 살았다.

그의 방식이 처음엔 비겁해 보였지만, 결국 세상을 바꾸는 가장 용기 있는 방식이 되었다.

집으로 돌아오는 길에 히컵의 선택이 낯설지 않다는 생각이 들었다.

그건 그동안 내가 해왔던 선택과 닮아 있었기 때문이다.

건강을 지키기 위해 남들과 조금 다른 길을 걷는 일.

정답처럼 여겨지는 방식에서 한발 비켜서는 일.

그 길이 때로는 외롭고 불안했지만, 결코 잘못되지 않았음을 내 삶이 증명해 주었다.

셋째의 백혈병이 재발했다는 말을 들었을 때, 그 자리에서 주저앉을 뻔했다.

정신이 혼미했지만, 그럼에도 나는 끝까지 내 마음을 붙들려고 애썼다.

항암, 수혈, 이식.

익숙한 그 단어들이 다시 삶을 짓누르려 했다.

정신을 바짝 차렸다.

조금이라도 이해할 만한 증상이 있었다면, 내가 먼저 병원을 찾았을 것이다.

당시 모든 정황은 '재발'이라는 말과 맞지 않았다.

셋째의 반복된 골수검사를 허락하며 묵묵히 기다렸고, 끝까지 버텼다.

그 결과, 재발이 아니었다.

다행이라는 말로는 부족했다. 그건 무모함이 아니라, 다르게 판단하고 다르게 책임진 사람에게 주어진 결과였다.

클린 식단으로 당뇨 고위험군이었던 내 몸을 되돌려놓은 것도, 병원 약으로는 증상을 누르는 데 그쳤던 첫째의 아토피를 말끔하게 치유한 것도, 나는 모두 '다른 길'에서 해냈다.

글리코영양소와 아로마테라피는 그 과정에서 나에게 하나의 길이 되어주었다.

하지만 이 방법이 모두에게 답이 될 수 없다는 것도 잘 안다.

그래서 이 책은 '이 방법을 따라 하라'고 권하는 책이 아님을 이미 밝혔다.

독자분들께 내가 정말로 말하고 싶은 건 이것이다.

누구나 자기 몸에 맞는, 자기만의 길을 찾아야 한다는 것.

세상이 정답이라고 말하는 것이 아닌, 내가 내 몸을 잘 알고, 나에게 적합한 방법을 선택하며 책임지는 것.

그게 바로 건강 주권이다.

의료 기술은 앞으로도 나날이 발전할 것이다. 세균과 바이러스 역시 멈추지 않고 계속 진화한다.

의료진은 언제나 최선을 다하지만, 현 상태의 의료 시스템에는 분명 한계와 공백이 존재한다. 당장 치료받고 싶어도 받을 수 없는 상황이 계속 생긴단 말이다.

그래서 결국 가장 중요한 것은, 아프지 않을 때부터 내 몸을 잘 알고 돌보는 것이다.

내 몸의 변화를 민감하게 살펴 가장 먼저 느끼고, 가

   엄마가 고친다

장 오래 함께할 사람은 그 누구도 아닌 '나 자신'이기 때
문이다.

　사람들은 종종 나이가 들수록 전원생활을 꿈꾸기보다
큰 병원 가까이에 살아야 한다고 말한다. 그 말이 틀렸
다고 할 수는 없다.
　그러나 나는 묻고 싶다.
　언제까지 약을 밥 먹듯 먹으며 살아야 하는가.
　언제까지 내 몸을 의료진의 판단에만 맡길 것인가.
　그리고 언제부터 우리는, 자신을 돌보는 일을 포기해
버렸는가.

　이제는 묻고, 선택하고, 돌보아야 한다.
　건강은 누군가 대신 책임져 줄 수 있는 문제가 아니라,
내 몸, 내 삶에 대한 나의 권리이자 책임이기 때문이다.

　나는 오늘도 건강한 식재료로 밥을 짓고, 손에 오일을
덜어 가족과 치유의 향기를 나눈다.
　그리고 스스로에게 묻는다.
　"오늘, 내 몸은 나에게 어떤 말을 건네고 있을까?"

몸의 신호를 읽는 일은 생각보다 어렵지 않다.

아침에 일어났을 때 피로가 남아 있다면, 어제 무엇이 달랐는지 되짚어본다.

소화가 잘 안된다면, 먹은 음식뿐 아니라 마음의 상태도 함께 살핀다.

몸은 늘 신호를 보내고 있다. 우리가 귀 기울이기만 하면 된다.

그렇게 하루하루 내 몸이 하는 말에 관심 두고 대답하다 보면, 누구도 쉽게 무너뜨릴 수 없는 건강 내성이 생긴다. 회복하려는 힘과 삶을 버텨내는 근력 또한 자란다.

이것은 하루아침에 생겨나지 않는다.

매일 조금씩, 내 몸과 대화하며 나만의 리듬을 회복하는 과정에서 자연스럽게 길러지는 것이다.

질병은 내 삶에 질문을 던졌다. 그리고 나는 이렇게 대답했다.

"누가 뭐래도, 내 몸은 내가 지킨다."

진정한 용기는 가장 외롭고 고독한 순간에도 자기 삶의 방향을 스스로 선택하는 데서 시작된다는 것을, 그간의 과정을 통해 배웠다.

그리고 이제, 이 이야기가 당신의 삶에도 또 하나의 질문이 되기를 바란다.

※ 이 글은 개인적 경험에 기반한 것으로, 의학적 조언을 대체하지 않습니다. 위급한 건강 문제가 있을 때는 반드시 의료진과 먼저 상담하시기 바랍니다.

이 책을 쓰기까지
읽고 참고했던 책들

다음 부록에 소개된 책들은 그동안 엄마로서 건강을 다시 배우고 삶을 다시 공부해 가는 길에서 만난 스승과도 같은 책들이다.

아이를 재우고 난 뒤 나는 밤마다 책을 읽었다. 어떤 책은 몸의 원리를 이해하게 했고, 어떤 책은 식습관을 변화시켰으며, 또 어떤 책은 무너진 마음을 다시 일으켜 세워 주었다.

(본문에서 직접 언급한 책은 * 표시를 했다.)

시작은 몸을 살리는 길이었는데, 어느덧 삶을 배우고 있었다.

이 목록이 누군가에게도 또 하나의 길잡이가 되기를 바라며…

  엄마가 고친다

1. 건강과 질병을 바라보는 새로운 시선

- 조한경, 『환자혁명』, 에디터, 2017. *
- 박한슬, 『오늘도 약을 먹었습니다』, 북트리거, 2020. *
- 임동규, 『내 몸이 최고의 의사다』, 에디터, 2012.
- 양우원, 『호전반응, 내 몸을 살린다』, 모아북스, 2010.
- 김의신, 『암에 지는 사람, 암을 이기는 사람』, 쌤앤파커스, 2013.

2. 몸의 원리를 이해하게 해준 책(면역과 몸의 회복력)

- 아보 도오루, 『면역의 힘』, 이진원 옮김, 부광출판사, 2007.
- 아보 도오루, 『면역혁명』, 이정환 옮김, 부광출판사, 2018.
- 윌리엄 리, 『먹어서 병을 이기는 법』, 신동숙 옮김, 흐름출판, 2020.
- 최옥병·박성주·양영철, 『통합의학적 암 치료 프로그램』, 건강신문사, 2012.
- 김남규, 『몸이 되살아나는 장습관』, 매일경제신문사, 2019.
- 이주영, 『내 몸을 살리는 글리코영양소』, 모아북스, 2015.
- 스티브 뉴전트, 『잃어버린 영양소』, 이철원 옮김, 용안미디어, 2007.
- 김상태, 『21세기 건강과 장수의 파수꾼 당질영양소』, 월드북, 2005.
- 황효정, 『아토피 이제 걱정하지 마세요!』, 기쁜소식사, 2008. *
- 방성혜, 『아토피, 반드시 나을 수 있다』, 트로이목마, 2016.
- 방성혜, 『용포 속의 비밀, 미치도록 가렵도다』, 시대의창, 2015. *

- 김성동, 『감기에서 백혈병까지의 비밀』, 건강신문사, 2008. *

- 크리스티안 노스럽, 『폐경기 여성의 몸 여성의 지혜』, 이상춘 옮김, 한문화, 2002. *

- 홍동주, 『피부 몸을 말하다』, 에스북, 2019.

- 브루스 파이프, 『코코넛 오일의 기적』, 이원경 옮김, 미메시스, 2014. *

- 브루스 피페, 『오일풀링』, 엄성수 옮김, 새로운현재, 2013. *

3. 건강한 식습관으로 변화를 불러온 책

- 알레한드로 융거, 『클린』, 조진경 옮김, 쌤앤파커스, 2010. *

- 알레한드로 융거, 『클린거트』, 박선령 옮김, 쌤앤파커스, 2014.

- 하비 다이아몬드, 『나는 질병 없이 살기로 했다』, 강신원 옮김, 사이몬북스, 2017.

- 하비 다이아몬드, 『다이어트 불변의 법칙』, 강신원 옮김, 사이몬북스, 2016.

- 존 맥두걸, 『어느 채식의사의 고백』, 강신원 옮김, 사이몬북스, 2022.

- 콜드웰 에셀스틴, 『지방이 범인』, 강신원 옮김, 사이몬북스, 2018.

4. 삶을 단단하게 해준 책

- 조창인, 『가시고기』, 밝은세상, 2005. *

- 서진규, 『나는 희망의 증거가 되고 싶다』, 랜덤하우스코리아, 2006.

- 장대은, 『새벽에 읽는 유대인 인생 특강』, 비즈니스북스, 2019. *

 엄마가 고친다

- 김재철, 『인생의 파도를 넘는 법』, 콜라주, 2025. *

- 김미경, 『엄마의 자존감 공부』, 21세기북스, 2017.

- 김미경, 『이 한마디가 나를 살렸다』, 21세기북스, 2020.

- 김경림, 『나는 뻔뻔한 엄마가 되기로 했다』, 메이븐, 2018.

- 이미아, 『엄마는 행복하지 않은 날이 없었다』, 한국경제신문, 2013.

- 『성경』. *

- 보도 섀퍼, 『보도 섀퍼의 돈』, 이병서 옮김, 북플러스, 2003.

- 서혜정·송정희, 『나에게, 낭독』, 페이퍼타이거, 2018.

- 김난도 외, 『트렌드 코리아 2026』, 미래의창, 2025. *

- 조셉 머피, 『잠재의식의 힘』, 조율리 옮김, 다산북스, 2023. *

- 론다 번, 『The Secret 시크릿』, 김우열 옮김, 살림Biz, 2007. *

- 모치즈키 도시타카, 『보물지도』, 은영미 옮김, 나라원, 2017. *